Segredos do Manuscritos do Mar Morto

Logan Crowe

Copyright © 2014 Logan Crowe
All Rights Reserved.
ISBN 978-0-9907486-2-5

LONE MESA PUBLISHING

www.lonemesapublishing.com
Logan Crowe, www.logancrowe.com
Segredos Do Manuscritos Do Mar Morto

AGRADECIMENTOS

Muitas fontes de grande informação têm sido utilizados para narrar essa conta em algum momento e em algum momento de ficção factual dos. Manuscritos do Mar Morto, não menos do que era Wikipedia. Motores de busca da Internet têm proporcionado uma riqueza de dados, algumas conflitantes entre si. Toda a investigação utilizado é de natureza pública; se você se sentir diferente, eu imploro a sua indulgência. Não tenho a pretensão de ser um historiador, apenas um autor com uma imaginação sobre-ativo. Uma fonte de grande interesse foi Dead Sea Scrolls Deception por Michael Baigent e Eyewitnesstohistory.com

CAPITULO 1
DESCOBERTA NO DE QUMRAN

A NOITE, AO ACAMPAMENTO NO DESERTO, 1946

Zayed fechou os olhos para cima apertado, apertando o punho com raiva, ele podia visualizar em causa o rosto do pai que gritava Zayed seu melhor conselho: "Nunca acampar no furo de água por baixo 'Passagem de Diablo' em Qumran."

Zayed pensou consigo mesmo, exasperado: "Por que meu pai sempre tem que estar certo?"

Quando ele levou o seu rebanho de cabras através da passagem de montanha, esta tarde, tudo estava quieto, ele não ouviu um sussurro do bando de hienas selvagens que seu pai disse viveu na pequena caverna acima da passagem.

Ele tinha sido um ano muito seco; todos os furos de água que ele tinha tentado não tinha nenhuma umidade. Em desespero, ele tinha conduzido suas cabras para passagem do Diabo. Ele sempre teve os mais frescos, mais saborosos água. Seu rebanho começou a sentir o cheiro da água antes de entrar no canyon, seu ritmo acelerado, seus ouvidos enrijecer, eles zurrava em voz alta para o outro.

Zayed tentou ouvir qualquer som do bloco quando ele passou. Ele não ouviu nada, nem ele ver todas as trilhas frescas, então ele decidiu arriscar, tomar suas cabras para o boteco.

Foi só mais tarde que ele ouviu o alto yelping campal de filhotes de hiena chamando seus pais, dizendo-lhes para trazer comida. Até então já era tarde demais, a noite desceu, ele começou a sua fogueira e seu rebanho tinha entrado perto dele, como se sentiu o cheiro do perigo.

Uma brisa sul pegou, trazendo o som de filhotes animado detecção da chegada de seus pais. Seu rebanho reuniu mais de perto, era já escuro, mesmo a luz das estrelas foi parcialmente escondido pelas montanhas. O vento ganhou velocidade, como se espremido através da passagem, e o vento assobiava. Zayed podia ouvir um som de raspagem assobiando, era estranha, tão assustador que ele decidiu realizar sua cabra bebê órfão, Noora, perto de seu lado. Ele acariciou o rosto dela com a sua. Ele estava cansado, mas agora ele não se atrevia a fechar os olhos.

Ele acrescentou mais lenha para o fogo. Ele estava quase em estado de transe, a sensação de segurar seu bebê cabra juntamente com o calor das chamas, colocá-lo em um sono superficial. Mesmo em seu estado cochilando, não havia descanso, ele sonhou com seu pai, abanando o dedo para ele "Zayed que você nunca esqueça o que eu disse a você sobre passagem do diabo, que tem sido a ruína de muitos pastor."

Seu sonho era tão realista que ele acordou assustado, com um leve suor, ele olhou em volta para ver se seu pai estava lá olhando para ele. Foi quando ele percebeu que estava em apuros, a sua esperança para uma noite tranquila em volta da fogueira, foi frustrada. Ele sabia que ele ia ter que enfrentar seu pai, diga-lhe que ele tinha desobedecido seu conselho mais ardente.

Quando ele olhou em volta da fogueira, ele pensou ter visto o primeiro sinal de que a sua vida ia mudar, ele estremeceu de susto. Ele não tinha certeza, mas por um momento, ele pensou ter visto dois pontos brilhantes, como as brasas de seu fogo na escuridão. Mas esses pontos brilhantes parecia ser menos brilhante do que brasas, como olhar para as portas sem alma de Hades.

Zayed balançou no susto, ele viu os olhos, e eles estavam se movendo, circulando seu acampamento. Em seguida, um segundo par de olhos na escuridão ... e aqueles olhos não pertencia a nenhuma das suas cabras.

Levantou-se, ainda segurar firme para Noora. Seu medo era palpável agora, ele sabia o erro que tinha feito; seu pai nunca o perdoaria. Mas ainda assim os olhos circulou seu acampamento. Ele ouviu um grito selvagem, seguido por um som mal rindo, como se as hienas 'sentinela' estavam chamando os outros membros do bando.

"Hora do jantar!" eles pareciam a latir para fora. Suas cabras sentiu isso também, como eles amontoados tão perto que ele poderia ter caminhado sobre o rebanho, sem tocar o chão. Seu rebanho olhou em volta nervosamente, como se sentisse que um ataque do deserto mais temido predador era iminente.

De repente, os sons de hienas selvagens encheram o ar e a noite foi rasgada com os gritos de cabras e a risada "coqueluche" dos animais selvagens. Zayed podia ouvir os latidos hienas e latindo um para o outro como eles atacaram o rebanho caprino com uma vingança.

Suas cabras começou a saltar sobre o outro na tentativa de fugir de seus atacantes. Zayed tentou o seu melhor para manter o rebanho junto, na esperança de afastar as hienas, mas temiam seus esforços foram em vão.

"Ha! Ha!," Ele gritou para a escuridão, tentando arrebanhar suas cabras e dispensa de seu cajado de pastor para as hienas em uma triste tentativa de afastá-los.

Nos próximos minutos, o caos e a confusão continuou como as cabras foram atacados e mordidos. Ele pensou ter visto a mãe de Noora, a mãe que tinha abandonado Noora, ir para baixo. Ela lutou selvagemente, bravamente, mas uma segunda hiena chegou, rasgou seu abdômen. A risada convulsa do bloco atingiu seu auge, Zayed poderia assistir mais. Ele sabia que precisava fazer alguma coisa, mas o quê?

Zayed decidiu fazer uma corrida para uma caverna, ele pegou o cajado e deu uma pancada em algumas das hienas, eles apenas riram dele. Aqueles olhos sem alma voltando-se para olhar para ele, enquanto suas mandíbulas pingava com sangue e entranhas balançou com todos os seus movimentos.

Ele chamou os membros sobreviventes do seu rebanho. "Shu, shu, shu!" ele tentou abaixo bravamente, mas seu rebanho dificilmente notado. Ele tentou mais difícil, gritando o mais alto que pôde, logo um pouco de sua carga começou a seguir; ele aumentou a velocidade tentando manter o resto do rebanho seguros como eles mexidos através da escuridão.

Como se as coisas não poderia ser pior, ele sentiu o vento pegar. Agora assobiou através dos limites das paredes do cânion. O vento começou a se sentir pesado com a umidade. Zayed sabia o que isso significava; seus anos de vida no deserto lhe ensinou sobre o ar pesado nesta época do ano. Ele sabia que uma tempestade de areia estava prestes a passar por sua área – mas não qualquer tempestade de areia.

    Seu pai também tinha avisado a ele sobre a mãe de todas as tempestades de areia, se aconteceu nesta época do ano. Se ele não encontrar abrigo em breve, poderia acabar com seu rebanho remanescente. Ele fez uma corrida para ele, deixando cair Noora no processo e ela zurrava de medo. O rebanho foi agora fugindo da tempestade de areia, as hienas ainda seguindo suas presas, mordendo e mastigando a carne de suas cabras sempre que chegou perto o suficiente.

    Zayed estava determinado a salvar o maior número de suas cabras como podia e tentava desesperadamente orientá-los em direção a uma passagem da montanha. Mudou-se para os lados atrás de seu rebanho, batendo com a vara sobre as rochas. Atrás dele, as hienas abrandou, assustado com o vento uivando, a barriga cheia de carne de cabra.

    "Shu, shu, shu, temos que nos apressar!" Zayed gritou para o rebanho acima do vento uivante.

    Ele rapidamente olhou em volta, mas não podia ver Noora. Ele temia que ele tinha perdido a à tempestade ou as hienas. Enxugando uma lágrima do olho, ele parou de repente, ao ver algo se mover por um espinheiro nas proximidades de espessura. Ele correu rapidamente para ver o que era e viu Noora indo para a entrada de uma caverna escondida. Ele a seguiu através da passagem estreita, apenas grande o suficiente para uma pessoa.

    A entrada curvo acentuadamente, abrindo numa passagem maior. Zayed passou uma grande cavidade que tinha sido cortada no lado superior do monte e ainda alojado suficientes grandes pedras pesadas para fechar a abertura. Lá em cima, um sulco fino tinha sido cortado, como se projetado de forma que alguém pode calçar com peles de animais para fechar os habitantes da noite.

    Zayed inaugurou a última das cabras restantes para o abrigo e parou por um segundo para olhar para o sul, observando as ameaçadoras nuvens escuras como eles empurraram a tempestade de areia em frente.

Apenas alguns momentos depois, ele puxou o cachecol por cima do nariz e boca quando a tempestade atingiu. Os grãos de areia mordendo bateu contra a entrada da caverna.

Virou-se para o interior escuro da caverna e à luz da lua escura pouco visível através da entrada podia ver os grandes olhos castanhos, de bebê Noora.

"Estou tão feliz que eu encontrei você," ele pegou-a e dirigiu-se um pouco mais para dentro da caverna para fugir da areia cortante, como o que restava de seu rebanho se reuniram em torno dele. Quando ele olhou para as paredes ao seu redor e as trevas que estava por vir, ele se perguntou o que ele tinha tropeçado em cima.

CAPITULO 2
LEVANTAR-SE

BETHANY, JUDEA, 31 A.D.

"Eu me preocupo que ele não vai durar a noite." Mary inclinou-se sobre a forma branco doentio de seu irmão Lázaro, enxugando a testa suada com frio, panos molhados. Ela olhou para sua irmã, Martha.

"Já faz mais de uma semana desde que chamou seu amigo, Jesus, para vir e nos ajudar, não posso imaginar o que está levando tanto tempo," disse ela.

Lázaro vivia com Maria e Marta, em Betânia por algum tempo. Agora, ele estava morrendo em uma esteira de palha em seu chão de barro, como haviam tentado reduzir a febre. Nada parecia funcionar; ele não queria comer e estava ficando cada vez mais fraco a cada hora, como a febre manteve a sua aderência.

Ao cair da tarde lançou sua sombra sobre a sua pequena casa, uma lâmpada de óleo de idade, mantidos baixos para economizar dinheiro, mostrou os rostos preocupados de suas irmãs, chorando, ainda limpando o suor da testa inconsciente. Por fim, o petróleo acabando, eles apagaram as luzes e levou suas orações para a escuridão.

Martha acordou primeiro na manhã seguinte, como a luz da manhã filtrada para seu quarto. Ela encontrou seu irmão pacífica, a cabeça um pouco de lado, ainda. Sem respiração mudou, e seu corpo estava frio.

"Mary, Mary, acorda! Ele se foi."

Mary olhou para Lázaro, em seguida, levantou-se a cantar: "Bendito és tu, Senhor, nosso Deus, Rei do Universo, o Verdadeiro Juiz."

Ao mesmo tempo, ela estava rasgando sua camisa noite de folga em pedaços pequenos. Martha estava a seu lado, com o braço sobre os ombros consolá-la, o tempo todo sussurrando em seu ouvido para acalmá-la.

"Está tudo bem, minha irmã," disse ela. "Ele está fora de nossas mãos agora. Devemos preparar o seu corpo para um enterro apropriado. Devemos ir buscar água santificada para purificá-lo."

Desde que Maria e Marta não podia pagar um caixão, que envolveu Lázaro em um xale de oração e uma folha e, finalmente, a roupa de enterro, fazendo seu corpo pronto para ser levado para o seu túmulo. orações e leituras da Torá já estavam sendo recitado por amigos fora da sala.

A pedra tumular para câmara de sepultamento de Lázaro iria fechar-lo da vida. Como foi rolada para trás, Maria olhou para Martha, ainda sufocando, "eu desejo que Jesus tinha chegado a tempo de salvar o nosso irmão. Eu só não entendo o que pode ter atrasado a ele tanto tempo. Jesus amava Lázaro como seu próprio irmão."

Alguns dias depois de Lázaro tinha sido posto para descansar, jovens maltrapilhos estavam nas ruas, brincando. Sempre que um viajante foi visto se aproximando da cidade, foi motivo de grande entusiasmo e curiosidade para os moradores, pois não só os visitantes trazer notícias frescas, mas muitas vezes trata para os jovens da aldeia. Como os jovens avistaram um estranho se aproximando, eles correram para ver quem era.

De longe, eles reconheceram Jesus. Até agora todo mundo na cidade tinha ouvido falar sobre a decepção das irmãs que Jesus não tinha chegado a tempo de salvar Lázaro. Consequentemente, as crianças correram para a cidade gritando animadamente, "Jesus está chegando! Jesus está voltando! Ele chegou!"

Em nenhum momento, uma grande multidão reunida, pois Jesus já era uma celebridade. Os moradores teriam vindo para vê-lo de qualquer maneira, mas com o atrativo adicional de sua ausência quando Lázaro estava morrendo, as pessoas correram para ver o que iria acontecer.

Os maltrapilhos levou a multidão de volta para fora da cidade para saudar Jesus, e como o povo se aproximou de Jesus, perguntou: "Onde é Lázaro?"

As crianças não pôde conter sua emoção e gritaram em uníssono, "Ele está morto! A aldeia colocá-lo para descansar há quatro dias!"

Jesus ignorou, continuando a sua caminhada para a vila. Quando chegou ao centro, Maria e Marta se aproximou, ainda de luto, a tristeza, mostrando no rosto manchado de lágrimas e os olhos inchados. Eles caminharam até Jesus, todo mundo olhando.

Mary tentou esconder seus sentimentos sobre sua chegada tardia, "Ele se foi; você perdeu ele. Ele estava muito doente; que não poderia salvá-lo."

Jesus olhou para ela com grande empatia:" Eu sou a ressurreição e a vida. Aquele que crê em mim, ainda que esteja morto, viverá. E todo aquele que vive e crê em mim nunca morrerá."

Ele olhou para as irmãs surpreendeu, sorrindo e pensando que não tinha idéia de que ele planejava. "Leve-me para o seu túmulo," ele exigiu em voz alta.

A multidão ficou ainda mais surpreso quando Jesus ordenou imperiosamente, depois de chegar ao túmulo, "Reverter a pedra que cobre a entrada."

Ele esperou enquanto alguns homens se apresentaram para reverter a pedra que cobre o túmulo. Ele foi colocado em um pouco de depressão para mantê-lo "bloqueado" na posição, assim que tomou um grande esforço para iniciar a pedra que rola a ligeira inclinação para lisonjear superfície.

Eventualmente, eles tinham a pedra rolada para trás, e Jesus voltou-se para a entrada aberta. Inclinando a cabeça, ele fez uma oração em silêncio, depois em voz alta, ele disse: "Lázaro, vem para fora!"

A multidão estava surpreso demais para fazer qualquer coisa. Eles provavelmente pensavam que Jesus louco. Todo mundo olhou, surpreso com sua audácia, e tudo estava quieto enquanto esperavam o que estava para acontecer em seguida. Todos, exceto Jesus, é claro, ficou surpreso quando um som baralhar fraco veio da caverna, então ruídos mais identificáveis do movimento.

As primeiras pessoas a ver caíram de joelhos em súplica, enquanto aqueles mais para trás no meio da multidão esperou por antecipação. Quando eles também foram capazes de ver, eles caíram no chão em adoração, também. Lázaro estava saindo, ainda envolto em seus graves roupas.

Marta e Maria olhou para Lázaro, em seguida a Jesus, de espanto total. Eles, também, caíram de joelhos, curvando-se, a cabeça quase tocando o chão, como eles deram graças. Jesus afastou-se enquanto eles estavam todos muito impressionado que fazer ou dizer qualquer coisa diferente de rezar.

CAPITULO 3
SACRILEGIO

JERUSALEM

"Qual é o significado deste" milagre?" Assola o Sumo Sacerdote.

Só os saduceus tinha estado ausente da ressurreição de Lázaro. Quando ouviram que Jesus estava chegando, eles haviam ficado longe. Este rabino, com suas maneiras simples e mensagem de "divino," foi erodindo a base de poder da igreja e algo deve ser feito.

Mas eles tinham ouvido a notícia. "Se os moradores acreditam que esse 'Jesus' é mais poderoso ou o verdadeiro Messias, onde isso vai nos deixar?," Perguntou um sacerdote.

"Eles vão parar seus dízimos e ofertas! A igreja vai murchar e morrer. Certamente o Senhor não pode suportar esse falso profeta!" Gritou outro.

"A criação" milagrosa "de Lázaro dentre os mortos é uma complicação. Estamos perdendo a nossa influência entre as pessoas ," disse o Sumo Sacerdote, tentando acalmar a situação. "Não podemos continuar a ter a nossa popularidade e poder corroída por estes" milagres "de Jesus."

"O que você propõe o que fazemos? Minha última assembléia estava quase vazio, todo mundo queria ir ver Lázaro ," gritou outro sacerdote. "Eu não posso manter meus dízimos para o conselho de sacerdotes se meus crentes não são dízimo mais!"

O Sumo Sacerdote da reunião tinha o suficiente. Não havia nada a ser feito imediatamente com este arrivista Jesus, mas deve haver alguma coisa aqui e agora.

"Lázaro é muito populares; temos de livrar-se dele," disse ele. "Nós precisamos de ter matado, mas deve parecer um acidente – talvez um assalto que deu errado da estrada -, mas ele não pode ser conhecido por ter vindo de nós.

"Se nós manter o controle de seus movimentos," ele acrescentou, "então, quando for a hora certa, nós podemos deixá-lo ser conhecido há uma recompensa por sua cabeça."

CAPITULO 4
REUNIÃO E UM PLANO

INÍCIO DE LÁZARO EM BETÂNIA, JUDÉIA, 31 A.D.

"Eu mal posso acreditar nos meus olhos, Lázaro! Você está com a gente de novo. Eu ouvi todos os tipos de histórias sobre você. É verdade? Jesus ressuscitou você dentre os mortos?"

Lázaro estava sentado em sua humilde casa com seu bom amigo Barnabé. Depois de sua ressurreição, ele era bem conhecido por toda a terra e aqueles que não pessoalmente testemunhar o milagre de Jesus no túmulo pareciam formar um nunca- linha de simpatizantes terminando. Todos queriam ver um pedaço do milagre para si mesmos – ao ver que Lázaro estava, de fato, vivo outra vez.

Mas aqui era Barnabé – um querido amigo que esperou até que todos os outros tinham ido embora. Um levita e um nativo de Chipre, que herdara a terra que ele vendeu, e deu a receita para a igreja em Jerusalém. No caminho de volta a partir de sua generosa doação, ele parou em Betânia para visitar Lázaro. Enquanto a multidão tinha diminuído, ele entrou na casa de seu velho amigo, e Lázaro saudou com os braços abertos.

"É incrível – m milagre -- mas se o que eu ouvi é verdade, eu não posso viver por muito tempo Os saduceus sumos sacerdotes são tão irritado e com ciúmes que eles colocaram um preço na minha cabeça," disse Lázaro.

"Então, temos de sair da cidade! Você não está seguro na Judéia. Onde você quer ir?" Barnabé já tinha dedicado sua vida a ajudar os judeus perseguidos, por isso a sua oferta de ajuda era natural e imediata.

Lázaro tinha sonhado muitas vezes desde a sua ressurreição, sem saber, por vezes, se o que ele viu foi apenas um sonho ou uma visão, mas ele acreditava que ele tinha sido salvo por um propósito. Ele estava pronto para servir, se pudesse descobrir o que ele pretendia fazer.

"Eu tive um sonho que eu deveria ir para Salamina, na sua terra natal," disse Barnabé. "Devemos ensinar de Jesus caminhos e construir um templo para seus seguidores."

Barnabé concordou com entusiasmo. "Se a sua vida está em perigo, temos que ir. Vamos fazer para Seulecia. É um porto do Mediterrâneo, na foz do rio Orontes. Partir daí, é um dia fácil de navegar para Salamis, na costa leste de Chipre."

Lázaro não pensei que ia ser tão fácil de sair de Betânia, deixou sozinho para fazer uma longa viagem para Seulecia com espiões do saduceus em todos os lugares.

"Barnabé, como é que vamos chegar ao Seulecia," ele perguntou. "Romanos manter uma aparência de lei e da ordem nas cidades que ocupam, mas no deserto?" Ele deixou a pergunta pairar no ar.

"Eu acho que nós podemos fazer isso. Se vestir como imundo, sujo, vermes sem dinheiro, têm a certeza de nos deixar em paz. Quando chegarmos ao Monte Cassius, vamos acampar na base da montanha com vista para o porto e aguardar a nossa oportunidade para conseguir um barco."

CAPITULO 5
OS PRIMEROS PASSOS DE DESTINO

JERUSALEM

O Templo Scribe Gavrel envolveu a Torá em linho para protegê-lo de olhos curiosos mais do que qualquer outra coisa como ele levou para casa.

Enquanto caminhava para casa, ele observava constantemente por cima do ombro, espreitando em cada canto escuro. Os Romanos tinham espiões em todos os lugares e da ocupação romana, bem todos os impostos e as avaliações aplicadas por ambos César e os sacerdotes, foram deixando muitas pessoas indigentes. Fome e desespero causado muitos trair confidências, amizades e família por um pedaço de pão ou alguns shekels.

Gavrel escondeu a Torá e, depois de suas orações da noite, tentou dormir, mas ele estava inquieto. Ele jogou e virou em seu sonho, sentindo-se como se alguém estivesse tentando lhe dizer alguma coisa. Em seu sonho, ele viu o pico de uma montanha. Na base, duas almas olhou a um porto à distância. Ele reconheceu Seulecia em seguida, viu dois homens – Lazarus e Barnabé – acampados sob o Monte Cassius.

Uma voz repetia: "Vá para eles, Lázaro vai levar a Torah de Moisés fora da Terra Prometida."

O CAMINHO PARA A SEULECIA

Gavrel acordou na manhã seguinte após a sua noite agitada. Ele vividamente lembrado seu sonho, e, por alguma razão, ele sentiu compelido a seguir sua visão. Ele decidiu tomar a rota cênica mais seguro e mais de Jerusalém, caminhando até a Via Maris ou estrada costeira.

Dias para a viagem, ele estava animado para ver o Monte Cassius à distância. Após o calor sufocante da estrada costeira e as planícies do interior, era uma visão bem-vinda para ver o pico do Monte Cassius em cerca de 4.000 metros acima do nível do mar, no meio de uma floresta de coníferas Mediterrâneo densa.

Depois de tanto tempo na trilha sozinho, ele descobriu que muitas vezes ele falou em voz alta para o seu burro, Samuel, que simplesmente caminhava ao longo de aparentemente inconsciente de suas dificuldades.

"Você cheira a pinho, Samuel?," Disse ele agora que a montanha entrou em vista. "Tão doce! E veja como as cabras bobas são surpreendidos quando passamos? Mesmo os gafanhotos nos repreender por nossa intrusão, mas eles não são nada a temer. Veja como é fácil se assustou!"

Ele levou sua equipe em, mantendo uma rédea muito apertado sobre eles, em fila única, através das bem-vestida, trilhas rochosas dos animais. Ravens voou de forma irregular em cima, irritado que sua rotina diária tinha sido perturbado por sua passagem. Eles atravessaram a pista, deslizando baixo e fechar, deixando ruidosamente Gavrel sabem que não aprovava sua presença.

"Fique em silêncio e ser, ainda assim, você pássaros tolos," ele gritou para os corvos ofensivas, enquanto viajava na através dos arbustos sempre verdes grossas em uma fenda rochosa ladeada por árvores coníferas altas.

Apesar de seu comportamento parecia relaxado, ele estava secretamente em alerta máximo, à procura de qualquer sinal de Lázaro e Barnabé. Eles não sabiam que ele estava vindo para ajudá-los, de modo que a sua recepção pode ser gelado, se ele tropeçou sobre eles desconhecem. A dupla estava fugindo de assassinos enviados pelos sumos sacerdotes, de modo que seria bem escondido e com medo.

Gavrel olhou para qualquer sinal de presença humana, um parque de campismo ou um incêndio. De repente, seus sentidos aguçados pegou o odor fraco do carvão, mas ele continuou como se não tivesse notado. Quando o cheiro era tão forte que ele tinha certeza, ele decidiu que o campo deve estar por perto, então ele parou de fazer o seu próprio.

Ele era um homem cuidadoso, mais de sua formação em pankration do que por inclinação natural. Ele se posicionou de modo que os galhos retorcidos de um espinheiro foram diretamente para as costas, fazendo uma emboscada do traseiro difícil. Em seguida, ele garantiu seus animais, mancando eles e deixou-os com muita comida antes de sentar para fazer uma fogueira. Havia muita lenha seca ao redor, assim que o fogo foi iniciado com pouca dificuldade.

Ele estava sentado em um tronco admirando seu trabalho útil quando ele sentiu a presença de alguém se aproximando furtivamente através do espinheiro.

"AAAAAAAAAAGGGGHHHH!" Alguém correu para ele a partir de cada lado, um pedras de arremesso, o outro com uma faca tirada, tanto gritar como loucos, gritos incompreensíveis de fúria fundidos-adrenalina.

Gavrel não tinha idéia do que eles estavam gritando, mas com certeza pegou sua atenção. Ele nem sequer pensar; sua reação foi automática e o resultado de anos de treinamento. Seu primeiro movimento foi para minimizar seu tamanho, tornando-se como um alvo pequeno como podia. Ele se agachou no chão, como um gato, avaliando que atacante era o perigo mais imediato.

Como as rochas estavam a aterrar em torno dele, ele estava um pouco fora de guarda. Levantou-se defensivamente com as duas mãos no chão para apoio e chutou para fora em uma forma circular para levar as pernas para fora debaixo do atirador de rock. Gavrel não teve tempo para perceber, mas o olhar de surpresa absoluta no rosto do homem era impagável.

Em seguida, ele voltou sua atenção para o segundo intruso, que estava mais para trás. Um alvo em movimento, ele segurou a faca de volta pronto para jogar. Gavrel julgou bem, e como o antebraço do atacante começou seu movimento para a frente, Gavrel mudou muito rápido. Ele rolou para longe, assim como a faca caiu no log onde momentos antes, ele estava sentado.

Ele pegou a faca, e, voltando-se para enfrentar o seu agressor, ele girou a preparar-lhe o braço para jogar a faca de volta. O atirador de rock, apenas se recuperando de sua indigno aterragem no chão, viu o que estava prestes a acontecer. Ele gritou: "Barnabé, ele tem o seu –"

A reação de Gavrel foi instantânea; seu braço jogando parou em pleno ar. Ele tinha percebido estes dois devem ser quem ele estava procurando. Ele gritou: "Lázaro, Barnabé, é você?"

Ele quase podia sentir o rolo de surpresa fora os dois homens assustados, obviamente espantado ao ouvir seus nomes serem chamados por um homem fazendo acampamento perto de seu esconderijo. Eles ainda estavam muito desconfiados, mas parou seus movimentos.

Gavrel continuaram a tentar tranquilizá-los: "Lázaro, Barnabé, eu não sou um espião saduceu, e fui enviado para te ajudar." Ele limpou o suor da testa. "Querido Senhor seja louvado," ele disse em uma fervorosa oração. "Eu quase matou você!"

Lázaro não estava convencido, no entanto, ele queria mais informações. "Quem mandou você para nos ajudar?"

"Deus."

Lázaro e Barnabé cautelosamente levantou-se e olhou um para o outro para orientação ou direção. Barnabé decidiu fazer uma pergunta. "Onde você aprendeu a lutar assim? Você poderia facilmente ter nos matado os dois."

Gavrel estava tentando controlar sua respiração, deixando a adrenalina retornar aos níveis normais. "Como um jovem recruta para a escola escriba em Jerusalém, fui obrigado a ter aulas na antiga habilidade de luta do pankration," ele respondeu calmamente. "Eu tenho treinado por mais de vinte anos."

Lázaro tinha ouvido falar da arte antiga, mas Barnabé não tinha. Lázaro perguntou: "Não é isso que Hércules usado nos primeiros Jogos Olímpicos?"

"Sim, precisamente," Gavrel respondeu.

Lázaro era ainda muito incerto. "Mas .... Quem é você?"

Gavrel não estava muito certo de como responder a esta pergunta. Ele estava aqui porque um velho estranho lhe havia definido em um caminho em direção ao seu destino. Aquele homem tinha dito que ele era o "professor," assim ele achou que era melhor começar a usar esse nome.

"Eu sou o 'Professor.'"

"O Professor do caminho de Jesus?"

"Sim."

SEGREDOS DO MANUSCRITOS DO MAR MORTO

Lázaro sorriu agora, como se esse nome curto tinha explicado tudo. "Eu tive uma visão que eu iria encontrá-lo e você explicaria o meu destino, mas eu tinha quase desistido de você. Ele ainda está olhando para nós?"

Isso era tudo novo para Gavrel, bem, mas a resposta tornou-se óbvio para ele. "Lázaro dos quatro dias, por que você acha que seu filho trouxe de volta dos mortos quatro dias depois que tinha sido na sua câmara funerária?"

Gavrel olhou para Lázaro, à espera de uma resposta. Depois de uma pequena pausa, quando ele percebeu que não ia conseguir um, ele continuou, "Você tem uma missão a cumprir. Fui enviado para ajudá-lo a Cypress. O Senhor te escolheu para levar a Torah de Moisés a um lugar seguro em Salamis. Depois, você e Barnabé vai continuar a Kition para construir um local de culto.

"Seu destino," ele continuou, "é levar o Livro das Palavras Santo de Deus para Kition e escondê-lo no cofre que Barnabé vai construir em o Templo sob o assento de Moisés."

CAPITULO 6
LIBERDADE NUM BARCO A REMO GOTEJANTE

MONTE CASSIUS CAMP, NOITE

Enquanto a escuridão desceu sobre o Monte Cassius, Gavrel, Lázaro e Barnabé estavam sentados ao redor da fogueira para conhecer um ao outro. Lázaro e Barnabé acolheu uma quota de amplas provisões de Gavrel, como eles estavam ficando um pouco baixo.

Os últimos raios de sol caiu abaixo do horizonte, e o céu sem nuvens começaram a se encher de estrelas, primeiro um ou dois com mais destaque, e, em seguida, uma sinfonia de magia apareceu acima deles. A fogueira estava brilhando em seus rostos quando Gavrel decidiu que era hora de levar a sério e ver o que planeja os dois amigos tiveram que sair de Seulecia.

Para sua surpresa, Lázaro vencê-lo com o soco: "Por que temos de levar a Tora de Moisés? Tem sido armazenados por centenas de anos com segurança em Jerusalém."

"Foi predito que a Judéia será saqueada mais uma vez. Jerusalém cairá, e, pela segunda vez, ele será totalmente arruinado, até que não haja mais ninguém para os soldados para matar ou roubar."

Lázaro e Barnabé olhava, incrédulo; eles compartilharam olhares de horror absoluto no puro atrocidade de quem deseja destruir toda essa história. Ainda assim, Lázaro não estava convencido.

"Você tem certeza?" ele perguntou, não querendo acreditar. "Quem faria uma coisa dessas?"

"Os Romanos," disse Gavrel tristemente.

"Mas por quê?," Perguntou Lázaro. Ele ainda não podia acreditar que tal crueldade existia.

SEGREDOS DO MANUSCRITOS DO MAR MORTO

"Roma vai lutar durante anos para controlar o povo judeu e forçá-los a obedecer as ordens de seu governante. Ao invés disso, eles vão encontrar apenas rebelião," explicou Gavrel. "Um general será enviado para sufocar a rebelião, mas os seus olhos estarão no trono de Cesar em Roma.

"Roma vai chamar para todos os judeus a adorar, com adoração, o seu César como um deus, mas o povo judeu se recusará, agarrando-se ao único e verdadeiro Deus e sabendo que é um sacrilégio para adorar qualquer outro.

"O general sedento de poder vai virar a sua atenção para os tesouros de ouro do Monte do Templo," continuou Gavrel, "e a destruição de todos para os judeus é sagrado – procurando matar seu espírito. Aqueles que não se curvam ao Imperador vai morrer."

Houve um silêncio total entre os três novos amigos. "Meu destino foi predito, é para proteger a sua passagem para Cypress com a Torá," disse o jovem escriba. "Então devo voltar a Jerusalém para preparar o caminho para o escolhido que vai esconder todos os demais escritos antigos antes os Romanos chegar."

Ele olhou para a lua. "Agora é hora de fazer os nossos arranjos de dormir."

Gavrel estava se sentindo desconfortável e decidiu que seria prudente para esconder a sua localização actual e dormir longe da fogueira. Ele colocava falsos paletes para confundir qualquer atacante e, em seguida, escolher um lugar para colocar seus colchões reais com muito cuidado. Depois de muito esforço, ele encontrou um site que tinha espinhos em três lados, deixando apenas uma abordagem para todos os ladrões ou assassinos que podem acontecer em cima deles.

Ele voltou para a fogueira, engatou dois burros por perto e dispostos sacos de dormir cheios de galhos cortados. Ele levou dois outros burros com ele para o local mais seguro e mancando e amordaçados-los após o que lhes permite pastar para o seu jantar. Suas orações da noite e estudos completos, os três estabelecem perto de carga preciosa de Gavrel.

Ele advertiu seus amigos, "Se você ouvir quaisquer perturbações enquanto dormimos, ficar parado. Eu não quero te matar por acidente."

LOGAN CROWE

Mais tarde naquela noite, Gavrel ouviu um barulho perto da fogueira. Ele se levantou do seu saco de dormir e se arrastou até os arbustos, com vista para a fogueira para ver dois desertores Romanos esmurrando seu saco de dormir perto da lareira. Ele casualmente aproximou mais perto, e quando ele chegou perto o suficiente para ser capaz de enfrentá-los, ele disse em tom de brincadeira: "Posso ajudá-lo a encontrar alguma coisa?"

Os Romanos olhou para Gavrel, chocado ao ver alguém se aproximar deles, então eles olharam um para o outro e de volta para baixo no saco de dormir. Um deles cautelosamente dedos para trás o cobertor para ver o que estava lá dentro. Quando descobriram que era galhos de árvores que haviam sido batendo, o primeiro Roman virou-se para o amigo: "Ele nos enganou."

O segundo Roman assentiu com a cabeça, concordando, em seguida, em uníssono eles se mudaram ameaçadoramente mais perto Gavrel, espadas erguida. Como eles chegaram a pouca distância, os bandidos sacaram suas espadas de volta ainda mais longe e mais alto para obter mais alavancagem. Isso era tudo Gavrel precisava ver; ele saltou para o ar em direção a eles, perna esquerda enrolado como uma mola. Quando ele desceu, ele lançou a perna esquerda em um chute vicioso para o estômago do primeiro Romano. O homem atirou para trás, ofegando por ar e confuso.

O segundo Roman olhou para o amigo, então pelo Gavrel. Ele abriu a boca, cheio de preto, podre, dentes quebrados. Ele começou a balançar sua espada, um rosnado feroz em seu rosto, gritando palavrões, mas antes que ele pudesse completar a metade de seu balanço, Gavrel atingiu. Ele virou-se para a direita e lançou sua mão direita aberta como um caranguejo para pegar traquéia do adversário entre o polegar e quatro dedos, em seguida, apertou. O bandido deixou cair sua espada e arranhou os dedos tão apertado como uma braçadeira, incapaz de respirar; ele morreu e caiu no chão.

Gavrel girou de volta para o primeiro atacante, que estava agora sentado. Ele caminhou até o homem, colocou o joelho nas costas do bandido e garantiu o seu braço direito em torno do pescoço do rufião. Ele apertou com o braço esquerdo, usando muita pressão, porque ele estava tão irritado., "Por que você me atacar? Quem te mandou?"

O Romano não respondeu, e Gavrel continuava a pressão, apenas para ouvir as vértebras do bandido rachar. Ele soltou tarde demais.

Lázaro e Barnabé tinha ouvido o tumulto. Curiosos, eles vieram para cima para ver o que estava acontecendo. "É seguro para nós para sair agora?"

Gavrel não quer que ninguém veja a violência do confronto. "Volte para a cama, vamos falar de manhã."

Ele sentou-se, tentando fazer com que sua adrenalina de volta a um nível normal, e fabricado um chá doce. Então Gavrel amarrou uma corda ao redor do pescoço de cada romano morto e engatou-los a um burro. Ele os tirou uma boa distância do acampamento e lançou a corda.

Ele não tinha nenhuma simpatia por esses pagãos indisciplinados, mas por suas almas, ele teve compaixão. Depois de levar seus corpos a uma distância suficiente de seu acampamento, ele orou por eles. "Que Deus cuida de sua alma podre, e eu espero que você fornecer uma festa para os animais selvagens."

Não foi uma oração que ele estava orgulhoso de, Gavrel pensou, mas para estes pagãos foi sufficient. Depois de dizer estas poucas palavras, ele se movia lentamente de volta ao acampamento. Se esses bandidos tinham chegado tão perto de Lázaro e Barnabé, significava que a palavra estava fora e os outros se seguiriam. A recompensa por sua cabeça deve ter sido suficiente para atrair até mesmo os soldados Romanos renegados para caçá-los.

Lázaro e Barnabé não podia ficar nestas montanhas outra noite; ele teve que levá-los a ir até o porto para comprar passagem para Cypress da manhã. Com esses pensamentos profundos, Gavrel retornou ao seu saco de dormir e tentou dormir. Mas não foi fácil como ele se preocupava com a sua família, sobre Jerusalém, e sobre o Monte do Templo. Ele sentiu o peso do mundo sobre seus ombros.

Este era o lugar onde a sua formação de pankration veio em seu auxílio. Quando confrontado por vários inimigos ao mesmo tempo, ele havia sido ensinado a identificar o perigo imediato, em seguida, passar para a próxima e assim por diante, até que todos os seus problemas foram resolvidos. Foi só depois que ele estabeleceu a identidade de seu problema mais imediato que ele era capaz de relaxar o suficiente para dormir.

Mesmo quando o fez, cada som perfurando seu subconsciente, ele ainda não estava totalmente confortável com o seu entorno; ainda pode haver outros assassinos em seu caminho. Em vez disso, foi hienas que perturbavam seu sono. Eles tinham encontrado suas vítimas, sua risada grito-convulsa enlouquecido ecoando pela noite. Outros gatos concorrentes – leopardos ou chitas – disputavam a refeição livre, rosnando, rosnando e silvando para tentar assustar as hienas.

Gavrel tomou conforto nas predadores vorazes, finalmente capaz de afundar em um sono profundo – ele sabia que esses animais famintos que alertá-lo se algum assassinos tentaram chegar perto de seu acampamento, perturbando a sua festa.

Ele acordou cedo, estranhamente revigorado e em paz. Era um sentimento estranho, considerando os acontecimentos da noite anterior. Lázaro e Barnabé se juntou a ele em torno do fogo, enquanto tentava reacender-lo.

Lázaro não podia conter sua curiosidade. "O que aconteceu ontem à noite?" perguntou ele.

"Eu suspeito que eles eram assassinos enviados pelos sacerdotes Saduceus. Eles morreram antes que pudessem conversar."

Depois de decidir que era hora de dizer Lazarus e Barnabé suas preocupações, Gavrel acrescentou: "É muito perigoso para você passar outra noite aqui, você deve sair hoje."

Com essa decisão tomada, puseram-se a arrumar acampamento, terminando seus chá e extinguir o fogo. Gavrel confrontado seus dois amigos quando eles terminaram. "Eu devo deixar, comece sua caminhada para Seulecia depois do almoço;. Eu estarei esperando."

Lázaro e Barnabé fizeram o que lhes foi dito. Depois de almoco, providenciada por Gavrel, eles deixaram o Monte Cassius para cidade. Lázaro confiou em seu amigo, "Eu não sei sobre você, mas eu me senti muito mais seguro quando Gavrel estava conosco."

"Eu também, mas ele disse que ele estaria esperando por nós. Vamos esperar que ele está por perto, se precisamos de ajuda."

O primeiro sinal de problema surgiu quando alguns curiosos os viu. Logo a notícia se espalhou e uma grande multidão se reuniu para ver o que iria acontecer. A multidão seguiu logo atrás, fazendo tanto Lázaro e Barnabé muito nervoso com a sua alta conversa e piadas sussurradas, mas o par continuou sua jornada, fingindo confiança a cada passo.

No meio do caminho para o seu destino, Barnabé tentou tranquilizar o amigo. "Eles não podem matá-lo abertamente Lázaro;.. Você é muito popular. Precisamos continuar até o porto. Esta é a nossa melhor chance."

Lázaro segurou a Torah envolto em linho perto de seu peito, segurando-o como se fosse um bem mais valioso. Ele deixou bem claro que ele guardava tudo o que foi que ele carregava, e Barnabé sussurrou ao seu amigo: "Lázaro, não seja tão óbvio com a Torá. Você está segurando-o para o seu peito, como se fosse um bebê. Colocá-lo no seu saco de roupas."

Mudou-se para fazer o que disse Barnabé, e eles continuaram a sua caminhada. Logo eles virou uma esquina e pude ver o cais. O porto tinha sido reconstruída pelos Romanos em uma forte ponte de pedra que levou a muitos barcos amarrados na âncora.

Quando eles chegaram ao cais, que perguntou sobre um barco para levá-los para Salimas, e pagou a passagem. Eles foram levados até o cais e ficaram chocados ao ver um velho decrépito linha barco que estava em seus últimos pés esperando por eles.

"Certamente você não quer dizer para nós para fazer a travessia a bordo deste navio naufragado?" eles questionaram o mestre das marionetes porto de quem tinha comprado passagem.

A multidão foi se tornando bastante animado, alguns concordando com Lázaro e Barnabé, murmurando o seu apoio. Outros, mais espirituosos médio, deu uma gargalhada e riu da situação do par. Lázaro e Barnabé se entreolharam, e Barnabé disse: "Você não tem outro navio que poderíamos obter passagem?"

O líder dos antagonistas era um grande, despenteado, valentão desdentado. Ele respondeu: "Se você quer ficar e esperar por um outro barco, você pode; pode ser alguns dias embora."

Lázaro olhou para o líder dos conspiradores, tentando mais uma vez, "Isto é o que você quer que nós para fazer a travessia em?"

O valentão gritou para a alegria dos espectadores: "Certamente o seu amigo Jesus vai olhar sobre você em sua viagem?" Animadamente, ele olhou em volta para ver se os outros espectadores achei tão engraçado como ele fez.

Lázaro e Barnabé percebeu sua situação terrível. Não havia dúvida, essas pessoas sabiam quem eles eram, sua escolha, socorrer agua a mao e talvez afogar ou ficar aqui e esperar que os assassinos saduceus por vir.

Eles caminharam até o barco e sentou-se. Barnabé, sendo o mais forte dos dois, tripulado os remos, enquanto Lázaro começou resgatando a água com as mãos.

Lázaro sussurrou ao seu amigo: "O que vamos fazer? A água do mar vai destruir a Torá."

"Nós não podemos voltar atrás. Amarre o saco de roupas em sua volta e começar a resgatar água. Podemos ter a remar para o outro lado do porto e roubar outro, melhor barco," disse Barnabé. "Se pudermos alcançar o banco de névoa, talvez eles não vão nos ver. E rezar para que Gavrel está assistindo."

A multidão viu quando o barco se moveu lentamente para dentro da névoa da manhã do Mediterrâneo. Barnabé remou como um louco, mas feito pouco progresso, enquanto Lázaro socorrida o mais rápido que pôde, mas a água continuava a subir.

A multidão estava barulhenta, apreciando o espetáculo, alguns rindo alto. Muito lentamente, eles avançou o seu caminho em direção ao banco de nuvens. Depois do que pareceu uma eternidade para eles, o barco de linha entrou a contragosto do nevoeiro. Um pouco grande onda atingiu o barco como o nevoeiro na frente escurecido. Para sua surpresa, dolorosamente devagar, um navio materializou fora da névoa.

Um navio de carga fraudada quadrados puxado em suas velas, deslizando-se ao lado do barco de linha de fuga. De pé sobre a proa do navio foi Gavrel, majestoso, barba e longas tranças soprando do rosto queimado de sol. Ele acenou com seus novos amigos a bordo, e Lázaro, aliviado por ser capaz de manter a Torá seca, jogou-o para Gavrel, depois abandonou o barco para o navio de carga.

Gavrel virou-se para o capitão, "Partiu para Cypress, Capitão."

Virou-se para Lázaro e Barnabé que estavam sentados no convés tentar obter o seu vento de volta. "Você está em uma surpresa, uma travessia de Seulecia para Cypress em uma brig velas redondas, capitaneada por um mestre de sua arte é uma experiência para o tesouro."

Lázaro sorriu como um gato de rua. "Você é cheio de surpresas!"

A manhã nublada de Seulecia deu lugar a uma brisa sedutor do sudeste, soprando através do cabelo de todos e aliviar o humor de todos. A brisa estava limpando a névoa também.

"Gavrel, você cheira o frescor cítrico fraco dos bosques ao longo da costa," perguntou Barnabé. "Deve ser um bom presságio."

O vento perfumado cerdas através bigodes do capitão como ele ficou cara para o vento "Primeiro Marinheiro, levantar a vela no mastro principal e abrir caminho."

O capitão virou o brigue para a frente de brisa. As velas cheias, e o brigue rangeu quando ele ganhou velocidade. O sol estava nascendo sobre as montanhas.

A distância para o noroeste, o Capitão apontou para um banco de nuvens imóvel. "Cypress."

Pouco tempo depois, uma tropa de golfinhos pegou as ondas de proa, nadando de costas, na crista da onda e depois de capotar e acelerar para repetir o processo no outro lado do barco. O tempo todo, eles fizeram um "e e e," agudo ou ruído batendo como castanholas, gritando de alegria.

Como Seulecia desapareceu de vista, Gavrel chamado Lázaro até a proa do brigue para sentar com ele e partilhar um lanche de azeitonas, queijo e figos. "Lázaro, voce tinha dado muita atenção a sua missão?"

Lázaro pensou por um momento e depois respondeu: "Por algum tempo, eu tive esse mesmo sonho. Nesta visão, devo seguir a Jesus e ensinar suas palavras. Eu sinto que estou sendo levado em uma direção, embora eu nem sempre sei para onde estou indo. É o sentimento mais estranho."

Gavrel acenou com a compreensão. "Lázaro, você não deve preocupar-se, Deus irá guiá-lo quando for a hora certa.

Lázaro finalmente sorriu. "Eu gostaria de poder ter visto os rostos dos espiões Saduceus quando apareceu fora da névoa para nos salvar."

"Sim, você estava muito ocupado escalada a bordo de perceber, mas esses traidores eram tão louco e frustrado quanto poderia ser. Algo me diz que eles não desistiram ainda sobre a recompensa."

Em seguida, ele acrescentou, tentando fazer com que a luz da situação: "Você deveria ter pedido um reembolso!"

"Quando chegarmos ao Salimas, você será recebido pelo proprietário deste barco – um Joshua Guggenheim do Guggenheim Trading House," disse Gavrel. "Ele ou sua família vai encontrá-lo no porto para cuidar de você. Ele guardará a Torá para você.

"Você deve ministrar a sua família e congregação. Ele irá fornecer-lhe e Barnabé com cartas de apresentação para outras sinagogas para a sua viagem para Kition.

"Ambos os novos amigos de Gavrel foram surpreendidos por isso. "Você não vem conosco?"

"Este barco está levando uma carga de cobre e prata a Tyre depois de atracar em Salimas. Eu não quero voltar através Seulecia. Voltando via Tyre vai poupar muitos dias de viagem," disse ele. "Eu tenho que voltar a Jerusalém. Eu temos muito trabalho a fazer."

CAPITULO 7
BEDOUIN PRETO

NEGEV DESERTO, 44 A.D.

"Shhhh" .... Eles disseram, apenas alto o suficiente para ele ouvir. "O Beduíno Preto está assistindo."

Hilal estava em seu posto de trabalho por barraca de seus pais. Ele olhou para as outras crianças da aldeia com inveja como eles jogaram e ele trabalhou. Algumas das crianças vê-lo assistindo e começou a intimidá-lo.

Hilal tentou ignorá-los, como eles sussurrou alto o suficiente para ser ouvido, "Eu ouço sua família ainda come cães selvagens."

Em seguida, outro disse: "O que você espera de um Beduíno Preto do Sudão? Ouvi dizer que eles até comem seus mortos."

Ele limpou as lágrimas se formando em seus olhos. Ignorando as provocações, ele continuou a limpar as peles de cabras do seu pai em uma solução de cal em seguida, raspar um dos lados com uma faca e lavá-los com água. Aqueles com falhas mínimas, ele cuidadosamente colocado de lado para ser feito em pergaminho.

O Pai de Hilal apoiou a família através de seu rebanho caprino. Um disciplinador severo, seu pai cuidava de seu rebanho enquanto sua mulher cuidava da casa e seu filho trabalhava com peles de cabra. Desde que seu pai manteve ocupado na empresa da família, Hilal nunca teve tempo para correr solta com os outros meninos na aldeia de Wadi Zuballa.

Quando ele não reagir às suas provocações, os valentões tornou-se aborrecido e afastou-se para encontrar a presa mais interessante. Enfim, Hilal terminou as peles restantes em que tinha vindo a trabalhar. Ele queria que eles pronto para que ele pudesse levá-los para o mercado da vila.

Ele viu sua mãe se aproximando, gritando seu nome, enquanto tentava encontrá-lo. "Olá, mamãe!," Ele ligou para ela. "Eu vou tirar um pouco da minha pele para o mercado. Os compradores estão na cidade. Eu Volto antes do anoitecer."

Ela olhou para ele com amor. "Volto ao anoitecer, meu filho."

Hilal havia trabalhado duro por tanto tempo quanto ele podia se lembrar e agora era um menino com músculos fortes, um porte atlético e um rosto angelical com dentes brancos retas que brilhou fora de seu sorriso vencedor, destacando seu botão nariz. Seus olhos castanhos escuros brilhavam de felicidade – ou seja, a menos que ele estava sendo assediado pelos vagabundos da aldeia.

Ele selecionou suas melhores peles, colocá-los em uma pilha para levar ao mercado. Quando ele estava satisfeito com sua seleção, ele começou a caminhada através de sua aldeia.

Como ele virou uma esquina, ele podia ver o mercado, à distância. Parecia que estava se abrindo. O sol quente da tarde tinha começado a descer, tornando a temperatura mais suportável, Hilal pulado junto alegremente pensando em todas as peles que ele pudesse vender. De repente, os valentões que tinham transitado da sua área de trabalho no início do dia reapareceu entre ele e seu objetivo.

"O Beduíno Preto," ele ouviu um menino gritar. "Quem o deixou fora de sua tenda, cachorro-comedor?"

O líder da banda de jovens valentões foi Jude. Em árabe, o nome significa gentileza e bondade, mas, neste caso, ele simplesmente não se encaixam. Seus pais deixá-lo correr solta, seu cabelo castanho encaracolado longo e despenteado. Quando seus cabelos foram varridos para longe de seu rosto, ele revelou um olho que não tinha calor, o outro permanentemente fechado e inchado. Seu nariz de falcão adicionado à sua aparência sinistra.

Hilal agarrou suas peles mais apertadas, sabendo essas crianças beligerantes faria sua passagem dolorosa. Ele viu Jude dar o assentimento – sem misericórdia, faça nenhuma maneira permitir o Beduíno Preto passar.

Mas Hilal foi determinado; Ele cerrou os dentes e segue em frente, tentando empurrar seu caminho. As crianças formaram um bloqueio, fazendo fila, lado a lado, e como ele cobrado pela frente, os valentões circulou ele, empurrando-o e as suas peles de um lado do círculo para o outro.

Hilal não poderia defender-se, porque ele se agarrou a seus pergaminhos premiado com determinação. Eles lhe deu uma cotovelada, insultando-o, gritando com ele: "Aqui está o menino Sudão de novo!"

Ele empurrou em resoluta de que ele iria passar, tentando se libertar. Alguns dos agressores tentou agarrar suas peles, mas ele torceu e virou, evitando as suas mãos estendidas.

A quadrilha continuou a abusar verbalmente ele, "Estes não são pergaminho real! Estes são peles hiena. Aposto sua família come cães selvagens."

Eles olharam de um para outro de afirmação, ganhando coragem de ser parte do grupo. "Isso é o que eles fazem no Sudão!"

Hilal lutou com a turma, como se lhe deu um soco, outros tentou roubar suas peles enquanto ele estava fora de equilíbrio. A maioria das peles caiu no chão, Hilal tentou desesperadamente buscá-las, a poeira de todos os pés pisoteio fazer sua busca ainda mais dolorosa. As crianças continuou empurrando-o para baixo, até que finalmente os valentões conseguiu fazer ele soltar todas as suas peles. Ele caiu de joelhos tentando recuperá-los, tossindo e cuspindo no pó espessamento.

Quando ele pegou seus bens, ele chorou, mas ainda conseguiu defender a honra de sua família, "Estes não são peles hiena, que são peles de cabra. A minha família não come carne de cachorro. Estamos beduínos civilizados e não do Sudão."

Lágrimas formaram novamente nos olhos de Hilal enquanto ele lutava com os valentões. Eles empurraram um pouco mais, e as peles no chão foram carimbados em, suas outras peles, arrancado de suas mãos. Mais uma vez ele caiu de suas mãos e joelhos, mas conseguiu recuperar todos os seus skins. Ao longe, ouviu os compradores regatear preços de pele.

Um comprador disse em voz alta: "Isso é demais estes não são a melhor qualidade. Eu só quero o melhor."

Hilal, ainda de joelhos, recolheu todas as suas peles empoeirados e mexidos fora sob as pernas dos valentões. Em seguida, ele confrontou a multidão na frente dos compradores, assustado como Hilal abriu caminho sob seus pés. Ele tentou se levantar com suas peles, mas as pessoas mais velhas na linha e aqueles circulando a borda dos compradores acotovelou-lo de volta para o chão, o que torna difícil para o menino para chegar na frente de um comerciante.

Eventualmente, ele chegou perto dos compradores, ainda de quatro. Ele tentou sacudi o pó dos seus skins. Com um último esforço, ele fez uma corrida louca para chegar na frente de um comprador escriba. Ele estava desesperado e ainda de joelhos, mas ele conseguiu.

Ele levantou-se algumas peles "Aqui, Por favor, olhe para a qualidade da minhas peles," ele implorou.

O comprador escriba, ao ver o atormentado, rosto empoeirado, teve pena dele. "Mostre-me o seu melhor."

Hilal passou sua pele de maior orgulho para o escriba. "Aqui, veja, eu curado isso mesmo."

O escriba tirou uma pena e começou a escrever no pergaminho. Hilal tentou, mas não conseguia ler as estranhas formas que o comprador estava fazendo. Ele continuou a olhar, fascinado.

Finalmente, o escriba perguntou Hilal. "Quanto você quer para as peles?"

"Eu preciso de dinheiro suficiente para viajar para Jerusalém, para que eu possa aprender a escrever como você.

"Esta foi a primeira vez para o escrivão, mistificado, ele perguntou:" Por que você quer aprender a escrever?"

Hilal estava com falta de ar, falando rapidamente: "Todas as crianças da aldeia insultar a mim e a minha família, chamando-nos 'Black Beduíno" e dizendo mentiras que nós comemos carne de cachorro. Quero mostrar-lhes que sou um beduíno orgulhoso e também um escriba . Então talvez eu possa juntar-se o Conselho de Anciãos da nossa tribo. eu vou ter certeza meus filhos não são intimidados por garotos maiores."

O comprador escriba era simpático, disse a Hilal: "Vá para a Cidade Santa, e pedir-me, meu nome é Hillel. Eu tenho a melhor escola. Qual é o seu nome?"

"Hilal."

O olhar no rosto do escriba era como se tivesse visto um fantasma. Hilal notado, mas não disse nada. Levou o escriba um momento para recuperar a compostura. Quando ele fez, ele disse de uma forma muito séria, olhando para Hilal nos olhos, "Hilal, você diz?" Hilal apenas acenou com a cabeça.

"Eu vou lembrar de você, Hilal."

O escriba se virou, pegou seu banquinho e saco e saiu do mercado. Que estranho, pensei Hilal, embora ele estivesse secretamente muito feliz que ele tinha feito amizade com um escriba em Jerusalém.

CAPITULO 8
SIGA SUAS ESTRELAS

O dia finalmente chegou para o qual Hilal tanto tempo vinha planejando. Ele tinha sido no trabalho desde o início da manhã, e ele estava cansado.

À medida que o sol descia para o horizonte oeste, a luz já não era forte o suficiente para Hilal para ver o seu trabalho. Guardou suas ferramentas e terminou alongamento e garantir as peles que ele tinha vindo a preparar, em seguida, olhou para cima para ver sua mãe se aproximando de sua casa.

Hilal entrou na barraca da família para falar com sua mãe, deixando escapar um pouco mais rápido do que ele queria, já que ele estava nervoso: "Mãe, eu tenho que ir encontrar o pai, eu tenho algo muito importante para discutir com ele."

Todas as noites, durante o mês passado, Hilal ficou acordado, pensando em seu sonho de aprender a ler e escrever para ele, também, pode se tornar o Chefe de Tribo no Conselho de Anciãos. Durante o dia, ele planejou a melhor maneira de abordar o pai. Mesmo com sua pouca idade, ele sabia que se ele esperou até que seu pai estava em casa para falar com ele, sua mãe, que era tão super-protetor, falaria seu pai de não deixá-lo ir, então ele tinha que falar com seu pai sozinho.

Sua mãe estava um pouco surpreso com sua explosão atípico, "Hilal, o que pode ser tão importante que você não pode esperar para o seu pai para voltar?"

"Mãe, eu tenho que ir vê-lo agora, mas é muito importante."

Ele estava certo em sua avaliação; sua mãe era muito protetora, e parecia que ela ia colocar o pé para baixo.

"Hilal," ela respondeu: "É muito perigoso para você ir sozinho, seu pai é de quatro horas a pé a partir daqui,. Você não pode ir agora, além de já está ficando tarde."

Ele estava preparado para isso, sabendo que sua mãe não iria desistir tão fácil.

"Mãe," ele respondeu: "Eu tenho viajado essas trilhas sozinho desde que eu era pequeno, eu vou ficar bem."

Sua mãe pensou que muito engraçado. Ela ainda pensava nele como seu menino, mas ela foi categórica: "Não, é muito perigoso, isto é final. Vá descansar, e eu vou chamá-lo quando a comida está pronta. "Ela não queria ouvir mais argumentos."

"Mãe, você não entende," Hilal respondeu de mau humor. Ele desistiu.

Sua mãe não ia deixá-lo ir. Ele retirou-se para os seus quartos de dormir para levar a cabo seu plano, sua mãe foi para preparar comida para a refeição da noite.

Mais tarde, quando a escuridão desceu, ela o chamou para vir comer. Não ouvindo resposta, ela ligou de novo, "Hilal, hora de comer, lavar as mãos." Sem resposta.

"Hilal, pare de me ignorar, é hora de comer," ela tentou novamente.

Exasperado, ela foi até o quarto de dormir, apenas para descobrir que ele se foi, uma pequena abertura forçada na parede do pêlo de cabra. Com os olhos arregalados de medo, aterrorizada por seu filho, ela se virou e saiu correndo à procura de seu irmão.

QUARTO DE DORMIR, MAIS CEDO NAQUELA NOITE

Hilal tinha feito a sua mente. Ele forçou um buraco na tenda de cabra grande o suficiente para deixá-lo passar e se arrastou para fora, deixando a sua casa. Determinado, ele furtivamente começou sua jornada para o leste.

Inicialmente, ele estava forte com a convicção de sua decisão, suportando arrogantemente para o deserto. Ele nem sequer olhar para trás. Mas como a escuridão desceu e da enormidade de sua decisão tornou-se realidade, o seu ritmo reduzido com a incerteza.

Ele começou a saltar em sombras e falar para si mesmo, com raiva. "O que você tem medo, Hilal? Você está deslizando através do deserto como um menino!"

Ele viu sua sombra na frente dele e notou que já era mais do que ele era alto. De repente, ele percebeu que logo seria muito escuro e seria muito assustador até que a lua surgiu.

Depois de mais alguns minutos mais rochoso, terreno irregular, ele se aproximou de um barranco. Ele desceu até o leito de rio seco e furtivamente deu um olhar por cima do ombro. Ele só podia ver o contorno do campo de aldeia.

Ao longo de um nó na garganta, ele chiou: "Seja um homem, Hilal. Você cruzou este barranco mil vezes!"

Ele continuou em todo o barranco, observando atentamente para quaisquer faixas escorregadios que poderia prever de perigo oculto, onde criaturas podem estar à espreita, esperando o descuidado se aproximar.

Ele finalmente escalou o lado leste do barranco. Estava escuro demais para ver a sua aldeia agora, e as emoções que atravessam sua mente eram esmagadora, cada vez mais dúvida rastejando em seu subconsciente. Ele continuou a leste, olhando constantemente para ver se ele podia ver a Ursa Maior no céu para confirmar a direção que ele estava viajando.

Hilal tentou fechar os olhos, afinar os ouvidos para os sons da noite. Uma leve brisa desalojado minúsculos grãos de areia, forçando os fragmentos de rocha seca a cair de cabeça para baixo, criando um som de raspagem sinistra fraco.

Como o luar ficou mais forte, expôs contornos luminescentes de escorpiões galopante através das dunas.

Locusts também saltou quando ele passou, assustado – às vezes, pulando em direção ao seu rosto e assustá-lo ainda mais, fazendo-o duvidar com maior intensidade a sua cruzada para falar com o pai. Mas ele continuou, enxugando as lágrimas dos seus olhos.

SEGREDOS DO MANUSCRITOS DO MAR MORTO

A CASA DE HILAL EM WADI ZUBALLA

"Thanoon, por favor me ajude ..... Meu garotinho fugiu! Acho que ele tenha ido ao acampamento de seu pai."

Quando a mãe de Hilal descoberto seu desaparecimento, ela correu em toda a aldeia para a tenda de seu irmão, que estoura através da abertura, balbuciando a seu irmão Thanoon em pânico total.

Thanoon estava relaxando, estirado em travesseiros, aproveitando seu descanso. Ele tinha acabado de voltar de uma de suas longas viagens para Aqaba.

Não facilmente deslocado de seu sono confortável, ele perguntou: "Por que ele faria isso?"

"Ele me perguntou antes se podia sair para ir ver o seu pai esta noite. Eu, é claro, disse que não. Mas ele é como seu pai,.. Ele não ouvir uma palavra do que eu digo."

Thanoon ainda não havia se mudado de seu travesseiro no chão. Ele franziu o cenho, pensativo: "Eu acho que sei o porquê. Algumas crianças da aldeia foram perturbá-lo, tentando humilhá-lo sempre que ele está longe de casa."

Ele ergueu-se em raiva súbita. "Isso vira-lata da aldeia, Jude, tem vindo a encorajar sua gangue para chamar Hilal todos os tipos de nomes e machucá-lo sempre que podem. Na verdade, eu vou falar com ele e sua família agora."

A mãe de Hilal foi enlutada: "Irmão, oh por favor, não agora. Fale com eles mais tarde. Você pode ir agora, siga Hilal,..? Manter meu bebê seguro"

Thanoon caminhou em direção à abertura tenda. "Eu vou segui-lo e mantê-lo a salvo."

Ele virou-se para sua irmã, abraçou, e deixou sua casa em uma pressa.

A mãe de Hilal assistiu seu irmão decolar depois que seu filho. Ele estava se movendo rápido, e logo foi perdido de vista.

O DESERTO DE NEGEV

Thanoon seguiram o mesmo caminho Hilal tinha tomado. O homem mais velho estava viajando pelo deserto desde a sua infância, e ele estava muito orgulhoso de sua habilidade em usar as estrelas à noite ou sua intuição suado durante o dia para a navegação. Depois de algum tempo, ele viu Hilal, lançando uma sombra, preta, sinistra contra a luz da lua iluminando.

Thanoon assistiu o menino em silêncio; Ele até chegou perto o suficiente para ouvir alguns soluços abafados. Ele viu Hilal enxugar suas lágrimas, mas Thanoon ficou para trás, confortado de que a criança era segura e não valentões da aldeia estavam seguindo ele.

"Ah, minha irmã, eu sei que você quer que seu filho em casa em seus braços, mesmo chutando e gritando," Thanoon falou em voz alta para o seu camelo, que estranhamente parecia estar ouvindo cada palavra. "Mas às vezes um menino deve ser permitido crescer, tomar decisões e aprender com eles.

"Nós vamos seguir, e vamos assistir," disse ele, batendo forte o pescoço do camelo. "Vamos mantê-lo seguro como ele aprende a lição."

CABRA REBANHO DE PAI DO HILAL

Durante o dia, as cabras tendem a forragem e passear de forma independente. À noite, eles preferem se reunir em proximidade muito mais perto para a segurança. Hilal avistou fogueira de seu pai de longe; ao se aproximar, ele viu seu pai de pé, procurando a causa do mal-estar repentino de seu rebanho. Hilal viu seu objetivo em vista e alongou seu passo, mais certo agora. Quando ele se aproximou, seu pai o reconheceu.

Hilal estava tão aliviado ao encontrar seu pai, ele gritou de alívio, "Saudações, meu pai!" Apressou o passo ainda mais para ir abraçar o homem que estava esperando.

O pai de Hilal também ficou surpreso ao ver o filho viajar sozinho, "Paz seja com você, meu filho."

A tradição beduína de hospitalidade não permitiria Hilal para contar a seu pai o motivo de sua visita, até que tinha trocado gentilezas durante o café. Da mesma forma, seu pai, embora curioso, não poderia pedir Hilal o motivo de sua aparição inesperada.

SEGREDOS DO MANUSCRITOS DO MAR MORTO

Seu pai começou a fazer café. Ele ofereceu seu filho datas e queijo de cabra. Ele esmagou alguns grãos de café verde em um almofariz de bronze, adicionando um pouco de cardamomo. Ele acrescentou um pouco de água fervente que estava cozinhando em forno a lenha escova. Após alguns minutos, ele derramou a agua fumegante da panela de bronze em pequenos, porcelana, copos de ovo de tamanho e entregou um para Hilal. Eles saboreou a bebida corajoso juntos em paz, mas Hilal poderia reter sua notícia já não.

Repleto de emoção, ele disse: "Pai, eu tenho algo de grande importância para discutir com você."

Pai e filho se olharam através da fogueira. Um longo silêncio seguiu como o pai de Hilal esperou.

"Pai, eu quero a sua permissão para ir à Cidade Santa para aprender as formas de os escribas. Quero aprender com eles, então eu também pode tornar-se versado e respeitado;. Talvez eu serei capaz de juntar-se o Conselho de Anciãos. Então, ninguém vai chamar-nos beduínos negros novamente."

O pai de Hilal manteve seu silêncio, à espera de Hilal para continuar. Esse silêncio só foi interrompido por cabras zurrando – o som como crianças pequenas chorando – e o fogo crepitante.

"Pai, eu sei que isso deve ser uma decepção para você, mas eu sinto que este é um caminho que deve seguir. Gostaria sua bênção."

Seu pai levantou-se, olhou para as estrelas, e o fogo iluminou seu rosto, mostrando um olhar de tristeza e ainda o entendimento. "Meu filho, você vê as estrelas acima de nós?"

Hilal ficou surpreso com a pergunta, esperava algo um pouco mais profundo. "Sim, pai, é claro."

"Meu filho, apesar de os beduínos têm utilizado as estrelas durante séculos para nos guiar, todos eles nos levam em direções diferentes. Todos nós devemos seguir nossas estrelas." Houve um silêncio entre eles por alguns minutos, e Hilal sabia instintivamente não interromper; ele simplesmente esperou.

"Eu não estou decepcionado," disse o pai. "Pelo contrário, estou muito orgulhoso de que você veio para me buscar a minha bênção. Mas você é muito jovem. Eu não posso lhe dar a minha permissão, talvez, quando você é mais velho ..."

Hilal temiam esta seria a resposta de seu pai. O tormento emocional que ele tinha sofrido nas últimas semanas, antecipando este encontro foi muito; ele caiu em lágrimas, incapaz de conter a dor.

"Mas Pai, aí já será tarde demais. Eu não vou ser capaz de aprender a ler e escrever. Quando estou casado, os meninos da vila vai intimidar os meus filhos, chamar-lhes nomes, como fazem comigo."

O comportamento gentil, amoroso de seu pai mudou abruptamente; ele não tinha idéia de que seu filho estava falando. "Eu acho que é melhor você me dizer o que vem acontecendo."

Hilal tentou contar a seu pai sobre Jude e sua gangue de valentões. "Os meninos da aldeia sempre chamar-me nomes. Eles dizem que nós somos Beduínos Preto, membros de segunda classe da nossa tribo. Dizem que comer cães e que não deve ser uma parte desta família Beduína. Eles dizem que, porque somos do Sudão que somos de segunda categoria e sempre que eu saia de casa para ir ao mercado tentam me seguir, me assediar, roubar nossas peles para jogá-los no chão, selo sobre eles."

Hilal não tinha visto seu pai tão irritado em muitas luas. Ele se levantou de seu assento ao redor do fogo, o seu agravamento tão intenso que ele não podia ficar parado, e caminhou para a frente e para trás, quase gritando de volta para o filho. "Eles fazem isso? Os vermes tentar intimidar você, só porque somos do Sudão?"

"Sim, Pai, olha ..."

Hilal ergueu o manto acima dos tornozelos para mostrar seu pai joelhos raspados e sangrentas, então os cotovelos arranhados e por último as contusões em seu peito.

Raiva de seu pai levantou outro entalhe, ainda mais furioso, andava, pensando, finalmente chegando a uma decisão. Sua opinião formada, ele voltou para o seu filho: "Aqueles vermes! Vou ficar mais perto de nossa aldeia a partir de agora. Vou trabalhar em ser convidado a participar do Conselho de Anciãos.

Quando você voltar de seus estudos, você deve, então, ser capaz de ser eleito, o Velho Chefe do Conselho."

Olhando para o seu filho com orgulho, ele acrescentou: "Vamos mostrar a eles – você e eu juntos!"

O pai de Hilal ainda estava andando, esfregando o queixo no pensamento profundo. "Esta é uma grande decisão," disse ele. "Temos que descobrir qual escola escriba seria melhor para você."

Hilal estava apreensivo, agora que ele tinha permissão para ir em sua grande aventura e da enormidade de sua decisão começou a afundar dentro. Ele estaria deixando tudo o que sabia, deixando sua família para trás.

"Eu sei de um grande escriba chamado Hillel, ele compra nossas peles e disse que eu podia ir falar com ele, que ele iria me ajudar eu o conheci no nosso mercado da vila."

"Então está decidido," disse seu pai com determinação. "Eu vou dar-lhe as minhas palavras para levar a ele e pedir-lhe para lhe ensinar os seus caminhos. Seu tio vai sair em dois dias para ir para a Cidade Santa com as peles. Vou pedir a ele para levá-lo e entregá-lo ao Hillel."

Depois de uma pequena pausa, acrescentou: "Agora volte para a sua mãe,. Dizer a ela para preparar uma festa para amanhã à noite, vou trazer nosso rebanho amanhã. Diga todo o nosso povo que esta é uma celebração … para desejar-lhe bem, em sua jornada. Seja no seu caminho agora, filho, antes que sua mãe fica mais perturbada."

Hilal estava pegando entusiasmo de seu pai e correu para seu pai, envolvendo os braços em volta dele. Ele, então, virou o abraço em uma saudação tradicional beduíno, beijando-o em cada bochecha antes de dizer: "Obrigado, Pai."

Ele virou-se para começar a sua jornada de volta para a aldeia, como ele estava desaparecendo da vista, seu pai voltou para a fogueira, as lágrimas escorrendo pelo rosto. Como ele se instalou ao lado da fogueira para derramar uma xícara de café, Thanoon apareceu da escuridão, assustando-o. "Irmão, você tem alguma de que o café?" perguntou ele.

O pai de Hilal saltou de surpresa e tentou esconder suas lágrimas, enxugando-os de seu rosto. "Sim, é claro." Então perguntando, indignado, "O que você está fazendo aqui?"

"Ver o nosso menino. Sua esposa me pediu para segui-lo e mantê-lo a salvo."

Thanoon juntou-se au pai de Hilal, aceitando uma xícara de café. Thanoon levantou o copo à boca.

"Rapidamente ... Você deve se apressar e estar no seu caminho. Thanoon por favor vigiar Hilal. Vou voltar para a nossa aldeia em dois dias."

Thanoon estava um pouco surpreso com sua demissão curto, mas percebeu este deve ser um momento difícil para um pai, deixando um filho seguir o seu destino, especialmente quando longe da família.

Thanoon partiu com: "A paz esteja com você." Mas o pai de Hilal estava muito preocupado em responder como Thanoon foi engolido pela noite.

CAPITULO 9
O ESCOLHIDO

JERUSALEM

Não querendo perder tempo, Thanoon foi direto para a escola onde ensinou Hillel. "Saudações, Hillel," ele disse em voz alta como ele reconheceu o escriba "Eu lhe trouxe as peles pergaminho que você comprou no nosso mercado em Wadi Zuballa."

Eles se aproximaram um do outro, braços abertos, em antecipação de uma saudação entre amigos. "Eu também tenho um favor para lhe pedir," disse Thanoon "Eu tenho um sobrinho que te viu no nosso mercado local e quer se tornar um escriba – para introduzir a sua escola para aprender os seus caminhos."

"Ele é o menino beduíno que vi no mercado em Wadi Zuballa?"

Thanoon balançou a cabeça que sim.

"Ele é Cristão?"

"Não, ele é um beduíno do deserto, o filho de minha irmã."

Hillel baixou a cabeça, em silêncio por um momento, como se em uma profunda reflexão. "Muitos anos atrás, foi predito que um não-judeu ia apresentar-se para a nossa escola. É possível que ele poderia ser o único."

Thanoon pareceu surpreso. "A única? Eu não entendo."

"É a história dos Judeus e os Romanos, que foi predito que, durante a vinda do Messias, as tensões subiria para que os Romanos saquear e pilhar a Cidade Santa A visão explicou que um rabino – um homem do deserto. – seria o escolhido e que ele iria organizar uma campanha para salvar a história dos Judeus dos Romanos invasores."

Hillel se levantou de sua posição sentada, voltando-se para Thanoon. "Eu vou tirar para você o seu ouro para as peles. Envie seu sobrinho para mim amanhã de manhã. Teremos de ver."

CAPITULO 10
UMA CHANCE

Hilal não dormi bem. Seu tio lhe tinha dito que ele iria começar a falar com o Mestre Escriba Hillel da manhã. E se eles não o receberam? Eles tiveram que aceitá-lo, que era tudo o que havia para ele, disse Hilal ao seu subconsciente. Ele jogou e virou a noite toda, parecendo apenas cair em um profundo sono minutos antes de seu tio o acordou.

Finalmente chegou a hora. Thanoon liderou o Hilal muito nervoso para a entrada do Monte do Templo. Eles entraram na enorme praça, no centro do qual estava o Templo. O pátio era rodeado por colunas em todos os quatro lados. Hilal nunca tinha visto tal majestade. Ele subiu os degraus do templo e se virou para olhar para o seu tio para segurança.

Thanoon ainda estava lá, "Ele está bem, Hilal Você vai fazer bem;. Ir dentro"

Hilal abriu as grandes portas que o tolhida, olhando em volta para Hillel. O interior foi ainda maior, e ele foi dominado pelos arredores. Ele viu Hillel renunciando-o. "Você é Hilal, o sobrinho de Thanoon?"

Hilal acenou com a cabeça, incapaz de expressar a sua resposta.

"Você tem alguma idéia da dedicação necessária para se tornar um escriba?"

Hilal ficou tão intimidada, ele apenas balançou a cabeça que sim.

Hillel percebi como sobrecarregado o menino deve ser, e em um tom mais suave, disse: "Vem sentar-se no meu tapete. Você tem muito a aprender."

Depois que eles foram ambos sentados, Hillel pegou uma caneta palheta. Ele cuidadosamente tirou uma hieroglífica em Aramaico antigo em um pedaço de pergaminho. Próximo a ele, com um movimento rápido de sua mão, ele desenhou o mesmo sinal em Hebraico. Ele mostrou-Hilal.

"Você vê a diferença?"

Hilal estudou as formas e acenou com a cabeça. O velho escriba fez uma pausa ," como um escriba, você terá grande poder, o conhecimento de hieróglifos é uma responsabilidade gigantesca.

"Primeiro, você deve aprender o roteiro do homem comum para que você possa realizar as tarefas diárias. Quando você se tornar proficientes, se você é estudioso e aprender bem, você vai estudar as script sagrados. Aqueles que aprendem o script sagrado vai aprender os segredos dos deuses e os mistérios do nosso povo."

Ele fez uma pausa novamente, em seguida, virou-se e tirou uma pequena paleta de madeira. Ele estendeu-a para o menino. "Isso é para você. Se você aprender a ler e escrever, você terá muitas oportunidades no mundo. Estude seus sinais bem e você vai longe."

Ele olhou fundo nos olhos do menino de salientar a importância de sua próxima pergunta. "Hilal, você quer se juntar a minha escola?"

O menino conseguiu guincho para fora, "Sim."

"Se você passar por um teste, vou lhe dar uma chance. Um mês a partir de hoje, se você pode recitar, ler e escrever os Dez Mandamentos, eu vou deixar você entrar na minha escola."

Hilal não teve qualquer dificuldade em encontrar a sua língua, agora, com o desafio incrível de frente para ele, ele gaguejou, "Mas ... mas ..."

Era tarde demais; Hillel tinha ressuscitado dos esteira de junco e se afastou, chamando por cima do ombro, "Um mês, eu estarei esperando ..."

CAPITULO 11
DESTINO E DECISÃO

O MONTE DO TEMPLO. JERUSALEM, 69 A.D.

"Os romanos estão entrando no composto Temple; suas patrulhas estão ficando cada vez mais perto!"

Hilal estava sentado à sua estação. Um escriba e rabino em seu próprio direito. Ele olhou calmamente para o escriba júnior em pânico. O Monte do Templo tinha sido locais sagrados para muitos séculos. A maioria das pessoas de fora, por respeito, gostaria de ficar longe, mas os Romanos tinham sido propositadamente desrespeitando a lei Judaica por algum tempo, invadindo terras sagradas, enfurecendo a comunidade Judaica.

Rotina diária de Hilal era trabalhar em sua mesa de madeira e traduzir textos antigos e duplicar até por volta do meio do dia. Em seguida, ele foi capaz de saciar sua outra paixão verdadeira. Depois de ter chegado a Jerusalém, quando ainda era um menino, ele pediu o Mestre Escriba Hillel se ele poderia ajudá-lo a descobrir onde ir para aprender algumas habilidades para que, quando ele voltou para Wadi Zuballa os valentões não seria capaz de humilhar mais dele.

Hillel tinha introduzido Hilal para uma escola em Jerusalém, que ensinou a habilidade do grego luta de Pankration – um esporte de combate introduzido nos Jogos Olímpicos Gregos em 648 AC e fundada como uma mistura de boxe e wrestling com quase nenhum regras. Na mitologia grega, foi dito que os heróis Hércules e Theseus inventou pankration e que Theseu susou suas habilidades extraordinárias para derrotar o temido Minotauro no labirinto enquanto Hércules subjugou o leão de Neméia usando pankration.

Hilal agora era um verdadeiro mestre do pankration, tanto na arte do combate corpo-a-corpo e também com facas. Seu professor tinha confiado no antigo escrevente Hillel que ele pensou que o menino foi, provavelmente, ainda melhor do que Hércules já pensou em ser. Tal foi a dedicação de Hilal para ter sucesso.

E assim, ele estava calmo no rosto do jovem escriba nervosa.

Como Hilal tentou acalmar o jovem, as grandes portas de madeira para o Templo de repente chutou, e dez Centuriões Romanos marcharam arrogantemente dentro. Eles empurraram as pessoas de lado, até que conseguiu chegar perto de Hilal.

O líder da tropa Romana gritou ameaçadoramente no topo de sua voz: "Onde está o Rabino-chefe?"

Hilal, embora sob ordens de não antagonizar os pagãos, respondeu com uma voz tão baixa que era quase um sussurro: "Nós não somos surdos, soldado;. Podemos ouvir muito bem, obrigado"

O líder também deve ter estado sob ordens de não começar uma luta a menos que provocado. Seu rosto ficou vermelho e ele mastigou as gengivas enquanto pensando em uma resposta. Eventualmente, de uma forma mais arrogante, ele respondeu: "Eu não sou um soldado. Sou um centurião Romano. Onde está o Rabino-chefe?"

Hilal respondeu suavemente em voz baixa: "Eu não sei, eu sou apenas um escriba júnior."

"Diga ao Rabino que o General Tito quer vê-lo!" o soldado gritou. Eles se virou para sair, chutando tudo fora de seu caminho como eles fizeram.

MAIS TARDE NAQUELA DIA

A visita pelos soldados Romanos colocar Hilal atrás em seu trabalho, por isso ele ainda estava em sua mesa de trabalho no início da tarde, quando recebeu outro visitante. Este homem que ele não reconheceu, nem ele ouvi-lo entrar no santuário ou abordagem.

De repente, o homem estava lá na frente de Hilal, olhando para ele. Mas o estranho sabia seu nome, e na mais suave de vozes, ele perguntou, "Vem sentar-se comigo, Hilal."

Com medo, Hilal olhou com curiosidade para o estranho. O homem virou-se e deu alguns passos para uma esteira de palha no chão, e seguiu Hilal.

"Faz muito tempo seu professor era conhecido como Gavrel," O estranho fechou os olhos, lembrando-se como se o conto foi gravado em seu subconsciente.

"Ele era um jovem estudante, então, e ele também recebeu a visita de um estranho como ele estava em trabalhar no Templo.

"Você vê, Hilal, o estranho disse Gavrel que seu destino tinha duas partes. A primeira foi para levar a Torah de Moisés de Jerusalém para a segurança em Cypress. A segunda foi que, após o seu regresso de Cypress, ele era para ser paciente e esperar. Um dia, um jovem beduíno do deserto iria apresentar-se na escola de Gavrel.

"Este Beduíno foi se esconder todos os escritos sagrados da história Judaica antes que os Romanos saquearam e queimaram Jerusalém ate o chão."

O estranho olhou fundo para ele, "Sua hora chegou, Hilal."

Hilal foi esmagada a pensar que os planos já estava em vigor desde antes de ele nascer, e ele tinha um destino próprio.

"Por que não Gavrel também esconder os escritos sagrados?" perguntou ele.

"A Torah de Moisés era uma obra acabada. Tinha os dez mandamentos escritos pelo próprio Deus e dado a Moisés no Monte Sinai. Este foi o fundamento da fé Judaica; que tinha de ser preservado para o futuro."

O estranho olhou fixamente para Hilal. "Mas Deus sabia que ele enviou seu filho para fazer o seu trabalho, e que todos os escritos das obras de Jesus ainda não foram escritos. Ele precisaria de um outro jovem, quando chegasse a hora, então ele teve Gavrel prepará-lo para o seu destino."

Foi tudo muito para entender, Hilal sentou atordoado, olhando para o estranho. O jovem Rabino estremeceu. Ele sentiu uma estranha sensação correndo por sua espinha. Este mensageiro gentil estava vestido com uma túnica com um capuz empurrado para trás de seu rosto, revelando longos cabelos brancos penteados para trás atrás de seu pescoço e olhos compassivos verdes em um rosto que tinha muitas rugas, como se o estranho tinha passado a vida inteira sorrindo.

O homem fez uma pausa enquanto Hilal pensei nisso. "Logo os Romanos vai destruir Jerusalém. Devemos estar prontos. Agora você deve fazer planos para obter os nossos preciosos pergaminhos – nossa história – para um lugar seguro. Está na hora."

Hilal estava tendo nada disso. Este desvio não era parte de seu plano para voltar ao Wadi Zuballa quase que imediatamente. Ele já tinha um destino -- para ir para casa de Wadi Zuballa, tornar-se uma pessoa idosa no Conselho de Anciãos e, em seguida, subir para a liderança do conselho. Isto é o que o levara tantos anos, ele pensou consigo mesmo.

"Acabo de receber a notícia de que meu pai está muito doente," explicou ele. "Eu tenho que ir até ele. Ele é o meu dever."

Ele era desafiador. Um plano caro e nutrido por 25 anos ou mais não foi facilmente descartado.

O estranho olhou para ele com compaixão, acenando com a cabeça em compreensão, as rugas profundas em seu rosto sorrindo para o jovem escriba em uma expressão mais sincera.

Parecia que ele compreendeu totalmente o conflito interno que o jovem estava experimentando. "Hilal, não é o tempo do seu pai. Deus precisa de você," o estranho reiterado no mais suave dos tons.

"Meu destino é liderar a minha tribo, eu prometi ao meu pai."

Embora Hilal não estava convencido, o estranho insistiu, delicadamente, como se não tivesse ouvido uma palavra do que o jovem disse: "Os Romanos estão chegando; eles vão queimar o Templo. Se eles encontrarem as palavras de Deus, a nossa história sagrada, eles vão queimar isto, também."

Hilal ficou chocado; ele estava estudando, tradução e duplicandoos mandamentos originais de Deus e as muitas interpretações deles por muitos anos. Mais recentemente, um monte de seu trabalho tinha sido a gravação das palavras do Messias. A importância de proteger centenas de anos de história e escritos sagrados era uma imensa responsabilidade de tal forma que ele simplesmente não podia ignorá-lo.

Como a enormidade da situação resolvida em seus ombros, virou-se para o estrangeiro com um olhar confuso em seu rosto. "Por que ele mudou seu nome de Gavrel de Hillel?"

O estranho sorriu. "Há duas respostas para isso. A primeira é que o sumo Sacerdote dos Saduceus estava apto para ser amarrado quando soube que Lázaro tinha escapado. Na verdade, ele estava tão furioso que ele exigiu a cabeça do líder dos conspiradores em Seulecia ser trazido a ele em uma bandeja. O único crime deste rufião obediente tinha cometido era dar Lázaro um barco furado, obedecendo suas ordens."

O estranho continuou: "Ele não estava satisfeito com isso. Ele também queria saber quem era a pessoa que resgatou Lázaro e Barnabé no porto. O Primeiro Marinheiro do brigue inocentemente disse Gavrel tinha fretado o barco. Os sumos Sacerdotes tinham procurado de alta e baixa para Gavrel, mas não conseguiu encontrá-lo. Ele tinha, entretanto, mudou seu nome para Hillel.

"Mas o sumo Sacerdote não era o tipo de perdão. Ele relatou Gavrel aos Romanos, e colocar um preço em sua cabeça. Ele ainda está em sua lista de procurados. É por isso que ele teve que mudar seu nome para que ele pudesse esperar por você aqui em Jerusalém para treiná-lo."

"E o segundo?"

"A segunda resposta é que Gavrel me pediu o nome do beduíno que ele aguardava. Respondi Hilal, e ele respondeu, Eu nunca vou lembrar esse nome. "Então, uma vez que ele teve que mudar seu nome de qualquer maneira, decidimos em Hillel, para ajudá-lo a se lembrar do seu nome."

Hilal riu da ironia da história. Ele estava resignado a este novo destino. "O que eu devo fazer?" perguntou ele.

O estranho foi novamente sorrindo paternalmente na Hilal. "Você sabe o caminho," o estranho respondeu na forma de um enigma, em seguida, apontou para a cadeira de Moisés.

"Vá lá, seu destino o aguarda."

Hilal andou a contragosto os poucos passos para o banco e sentou-se, à procura de respostas. Ele virou-se para falar com o estranho, mas ele estava sozinho.

CAPITULO 12
THANOON VAI PARA QUMRAN

A CASA DE HILAL, JERUSALEM

"Meu tio, não temos mas tempo. Tenho estado a ler algumas das palavras de Jesus. Esta escrita que os Romanos vão saquear Jerusalém," disse Hilal. Ele e Thanoon eram sentadas em esteira de junco, planejando seu estratégia para remover os artefatos de Jerusalém sitiada.

"Em uma das escrituras que eu estava traduzindo, ele disse a um de seus discípulos: 'Em verdade vos digo, não uma pedra aqui vai ficar em outro; cada um vai ser jogado para baixo.'"

Thanoon assentiu. "No meu caminho para a cidade, eu quase não reconheceu a velha Jerusalém. Maioria das árvores foram cortadas pelos Romanos, as casas incendiadas. Há rumores de que Titus vai ter uma parede construída em torno de toda a cidade de Jerusalém, para que não pode-se entrar e ninguém pode sair.

"Eles dizem que este muro vai ser tão alta quanto as outras muralhas da cidade. Se isso acontecer, toda a esperança de fuga para os judeus será cortado," disse Thanoon.

Hilal estava ouvindo atentamente para as últimas fofocas seu tio tinha pego.

"Tio, essas coisas que os Romanos estão fazendo tudo foram predito por Jesus. Um dos pergaminhos eu estava trabalhando citou Jesus como dizendo: 'Para o dia virá, quando seus inimigos irá lançar um banco antes de você, e hem você de todos os lados.'"

"Tio, eu acho que é hora de se mover. Jesus nos advertiu, você já ouviu os rumores. Você deve fazer uma viagem para Qumran. Vamos ter que fazer duas viagens, a primeira com os suprimentos e os pergaminhos que trouxemos aqui de sinagogas vizinhas."

Thanoon interrompido seu sobrinho; ele não entendeu o motivo de duas viagens. "Porque duas viagens, sobrinho? Não poderíamos esperar e fazer uma viagem?"

Hilal balançou a cabeça. "O resto dos pergaminhos estão escondidos no templo. Temos que ter muito cuidado. Os Romanos estão assistindo tudo. Se eles descobrem que me trazer os pergaminhos do templo aqui, podemos perder tudo, melhor movê-los para a segurança em primeiro lugar..."

Hilal enfiou a mão no saco e tirou um rolo velho para dar a Thanoon. Seu tio desdobrou, espalhando-se na frente deles. Quando ele viu que era um mapa, ele estava indignado.

"Meu sobrinho, eu não preciso de um mapa! Eu sou um comerciante de Beduínos. Tenho viajado pelo deserto por muitos anos, as estrelas são o meu guia. Por que, eu nunca ter sido perdido em qualquer uma das minhas viagens. Por que eu tenho! viajou ..."

Hilal teve que cortar seu tio fora ou seu discurso iria durar o dia todo. Thanoon tinha a uma falha comum que os viajantes mais solitários do deserto – eles estavam cansados de falar com camelos. Então, quando eles chegaram a civilização, eles monopolizam as conversas, falar sem parar, continuar para sempre.

"Tio," ele começou em voz alta, tentando entrar, "isso é muito importante. Se você não conseguir localizar a caverna das estrelas, por favor, tome este mapa e usar o sol para localizar a caverna no solstício de verão."

Thanoon contragosto pegou o mapa e fez uma careta para o seu sobrinho para interrompendo-o. *Ora, eu estava apenas começando, ele pensou. Se ao menos o meu sobrinho sabia dos lugares emocionantes para que eu já viajaram!*

Hilal estava com pressa; ele não tinha tempo para gastar em gentilezas. "Tio, temos de pegar todas as suas camelos hoje à noite para que você esteja pronto para sair a primeira coisa na manhã. Tenho que voltar para o Monte do Templo na parte da manhã para continuar a remover mais pergaminhos."

Relutantemente, Thanoon começou a trabalhar preparando sua carga para o transporte. Antes da primeira luz, ele estava pronto, camelos carregados, começando a caminhada em direção ao East Gate para a viagem através do deserto de Negev.

A TRILHA DE QUMRAN

Uma vez fora do East Gate com seguranca, Thanoon e sua caravana de camelos começou a longa jornada até Qumran. A antiga trilha inclinado gradualmente para baixo entre colinas áridas intercaladas com campos ocasionais. Alguns desses campos eram Beduínos que habitam deserto e alguns eram refugiados de Jerusalém que haviam atendido as advertências de Jesus e à esquerda, enquanto eles ainda podia.

A trilha Thanoon tomou lentamente desceu mais de 3.600 metros, finalmente, a uma profundidade de mais de 1.000 metros abaixo do nível do mar. O calor concentrado neste abaixo-do-nível do mar era opressiva. A vista de todos os lados era hipnotizante, desde o Vale do Jordão de um lado e para o Jericó, do outro, ambos ondulante em uma miragem nebulosa. E nesse neblina, além do Mar Morto, se a majestade das montanhas de Moabe.

Thanoon amava a beleza e a majestade do deserto, encontrar a serenidade do lugar fascinante – diferentes terrenos, areias e montanhas e oásis fértil e sentido da verdadeira intemporalidade. No meio da manhã do dia seguinte, sua caravana entrou no barranco que conduziram a caverna de Hilal.

A CAVERNA DE HILAL

Depois de seguir o barranco para a tarde, a base do leito do rio começou a subir, e ele entrou nas montanhas de Qumran. Ele começou a procurar os sinais diga-conto de caverna mágica de Hilal. Ele procurou e procurou, mas sem sucesso.

Finalmente, ele amarrou seus camelos e começaram a procurar a pé. Ele seguiu o banco de cada lado, examinando todas as possibilidades, mesmo arranhando-se nos inúmeros espinhos. Ele estava começando a pensar que talvez o seu sobrinho estava brincando com ele. Ele meio que esperava ver o menino saltar e provocá-lo sobre suas habilidades de navegação.

"Se isso é uma piada, eu vou vingar com o meu sobrinho. Tenho viajado pelo deserto durante muitas décadas e nunca ter se perdido, nem mesmo quando eu estava viajando em uma tempestade de areia," ele gritou com raiva para o deserto vazio.

A primeira noite, ele fez o acampamento com uma pequena lareira. Ele pensou que a noite nunca iria passar. Ele não conseguia dormir, com medo de perder a sua preciosa carga, e os sons de cabras da montanha ou algum outro animal chocante pedras soltas mantido perturbá-lo.

No início do segundo dia, ele decidiu que ele deve obter seus suprimentos e rola para fora do sol do deserto. Como ele procurou abrigo, ele subiu em uma pedra, e para sua surpresa, encontrou uma entrada secreta para outra caverna. Ele começou a cavar e cavar para alargá-la para fora.

O que ele encontrou foi uma passagem subterrânea natural. Como ele cavou para baixo para limpar a areia, ele raspou o lado do que parecia ser uma abertura de calcário ele poderia rastejar por eles. Dentro havia uma caverna grande o suficiente para armazenar todos os seus disposições e rola para fora do sol.

Thanoon descarregado todas as suas fontes e pergaminhos, andando de seus camelos para a caverna levando tudo. Depois que ele foi satisfeito, ele mancou seus camelos e rastejou de volta para a caverna para dormir. Na manhã seguinte, ele se arrastou para fora de sua caverna secreta para retomar sua busca por caverna de Hilal. Cobriu-se a entrada para seu esconderijo e contragosto tirou do mapa de Hilal do bolso do peito.

As indicações foram muito específico. Ele estudou o mapa um pouco mais, em seguida, como era seu hábito, ele falou com El Deloua, seu camelo favorito. "Eu tive o suficiente desta tolice, Del. Se isso é algum jogo meu sobrinho está jogando ..."

Ele resmungou para si mesmo enquanto ele estudou o mapa, mas fez pouco sentido. "Eu vou esperar o sol do meio-dia para me mostrar o caminho."

Thanoon foi claramente ficar muito zangado. Mesmo em sua raiva, a própria idéia de que ele poderia ser confundido nunca passou pela sua mente. A idea que ele estava errado não lhe ocorreu, ele estava tão seguro de si. "Se eu não puder encontrá-lo, então ele não pode estar lá," ele decidiu, falando sozinho.

Ao meio-dia, Thanoon continuou a sua pesquisa, consultando o mapa novamente. *Vou seguir as instruções para a carta. Meu sobrinho é um Rabino realizado. Se eu estiver errado, minha irmã e irmão-de-lei vai me provocar impiedosamente para os próximos anos. Melhor eu seguir as instruções exatamente.*

Ele olhou para o mapa, desta vez seguindo as instruções. Ele começou a subir um afloramento calcário com destaque no mapa. A mapa indicou que ele deve estar em posição para observar o sol brilhar através de uma pequena abertura resistido em um penhasco de calcário. Ele esperou e esperou, o tempo todo a digitalização das falésias na frente dele para qualquer abertura. Ele não podia vê-lo.

O sol nasceu, ele esperou impacientemente. Thanoon estava falando com ninguém, mas seus murmúrios deu-lhe conforto, "Se eu sou o bobo da próxima reunião de família ... Eu vou me vingar. Que piada cruel."

Ele ainda estava divagando para si mesmo quando um laser como o raio de sol brilhou através da abertura de rock que ele estava olhando e colocou sua luz em uma pedra brilhante por trás de um arbusto de espinhos no chão, onde ele tinha sido parado antes.

Thanoon ficou tão surpreso que ele perdeu o equilíbrio e foi descendo a face da rocha. A mais abaixo na rocha que deslizou, mais seu manto foi empurrado para cima, de modo que suas nádegas foram expostas à superfície da rocha arenosa. Quando ele desceu, as bochechas estavam em carne viva pelo cascalho sobre a qual ele montou. Momentos depois, ele parou no fundo da garganta, esfregando o fundo muito doloridos e sensíveis.

Quando ele se levantou, lamentando a condição machucado de sua extremidade traseira, ele olhou com espanto para a entrada de uma caverna secreta escondida atrás do espinheiro. O choque de Thanoon era total; lá estava ele. Ele estava olhando para ele o tempo todo, uma abertura para uma caverna, perfeitamente camuflado, escondido à vista de todos, só é visível se você passou a estar a olhar para o lugar certo a partir do ângulo correto.

CAPITULO 13
A CAVERNA DE HILAL

Thanoon caminhou em direção à caverna lentamente, quase com reverência, e olhou para a entrada. Ele podia ver que a caverna era profunda e foi mais longe do que a luz iria deixá-lo examinar.

"Eu vou precisar de uma lâmpada," disse ele em voz alta, voltando para seus suprimentos para obter uma lanterna de petróleo.

Quando se aproximou da entrada da caverna de fora mais uma vez, estreitou imediatamente para apenas um homem ou camelo poderia passar de cada vez. Quando ele entrou, sombras estranhas apareceram, projetada por sua lâmpada, fazer as coisas assustador.

A entrada curvada bruscamente, antes de abrir em uma passagem maior. Thanoon era um homem do deserto aberto e confinado, locais escuros, onde sua visão foi prejudicada assustou. Antes de ir mais longe, ele se ajoelhou no chão para ver se ele poderia reconhecer quaisquer faixas ou excrementos. Ele engatinhava, examinando o chão.

"Hmmmm. A gazela e um grande gato – provavelmente um Caracal – talvez alguns chacais. É melhor eu ser armado antes de eu ir mais longe." disse ele.

Thanoon voltou para o seu camelo para obter a espada e uma lança para sondar a sua frente no caso de um grande gato surpreendeu.

De volta à caverna, primeiro ele inspecionou a entrada do interior, e parecia que alguém tinha passado muito tempo modificando a caverna para proteger os habitantes de intrusos. Uma grande recesso havia sido cortado no lado superior que ainda abrigava pedras pesadas para fechar a abertura.

As pedras ainda estavam lá, e parecia que uma pedra em forma de log no fundo da pilha foi fixar todas elas. Se isso foi puxado, a pilha de pedras seria liberado, fechando a entrada fora do mundo exterior.

SEGREDOS DO MANUSCRITOS DO MAR MORTO

Lá em cima, um sulco fino tinha sido cortado ou esculpido, como se projetado de forma que alguém poderia calçar com peles de animais para fechar os habitantes da noite. Thanoon começou a explorar, e encontrou um oásis de tesouros. Nas paredes não eram apenas gravuras de hipopótamo, girafa, elefantes, e leões, mas também alguns, animal, como vaca, chifres que ele nunca tinha visto antes.

Ele pensou consigo mesmo, quais são gravuras de crocodilos reptilianos – que ele só tinha visto em desenhos em suas viagens – fazendo no meio do deserto?

Os tetos da caverna estavam cobertos de carvão residual escuro, indicando anos de habitação. A fonte natural alimentados com um pequeno poco rocha com água fresca. Ele continuou a explorar, re-criar o layout dos antigos moradores. Um estábulo foi localizado na parte traseira para armazenar forragem e esterco animal seco para o fogo. Da água doce que escorria em um poco na frente da caverna, uma pequena trincheira tinha sido escavado para fornecer água para a sala de estar.

Mais perto do meio da caverna era um túnel grande o suficiente para um camelo passar pelo que levava uma inclinação para uma área de armazenamento seca. Os alojamentos eram mais para a frente, ainda longe o suficiente da entrada para que um incêndio não pode ser visto a partir do exterior. As paredes estavam cobertas com pinturas de animais e pessoas. Um rio estava gravado na parede, assim como a vegetação espessa.

Ele começou a limpar os séculos de resíduo do poco para descobrir uma eclusa antiga feita de pedra. Quando elevada, permitiu que a água flua para baixo um pequeno canal para a trincheira na área estável. Depois de ver o tamanho da caverna interna, Thanoon decidiu voltar lá para fora para obter seus camelos e escondê-los de quaisquer pessoas que possam passar.

Como ele levou seus camelos no covil escondido, ele ficou maravilhado com a grandiosidade de tudo isso. Ele estava absolutamente surpreso. Ele percebeu que todos os desenhos nas paredes significava esta caverna foi habitada há milhares de anos, quando o deserto deve ter sido o lar de muito mais água e diferentes plantas e animais. Um paraíso nenhum de seu povo já tinha visto.

Thanoon estava muito orgulhoso de si mesmo; ele tinha encontrado a caverna. Ele não tinha certeza se ele iria dizer para Hilal da maneira indigna em que ele fez a descoberta, mas, no entanto, ele tinha encontrado. Ele decidiu torná-lo o mais confortável possível. Até o final do dia, ele havia transferido todos os suprimentos de sua caverna em um presente, e ele só usou El Deloua, deixando os outros camelos na área estável da caverna de Hilal.

Ele agora tinha todos os confortos de casa aqui, forragem para os camelos e semanas de suprimentos. Ele decidiu que iria descansar e trabalhar em obter os pergaminhos e outros suprimentos de Hilal outro dia; ele estava cansado.

Thanoon espalhar-se um tapete perto do fogo, descontraído e fechou os olhos. El Deloua estava com ele, deitado ao lado do fogo. Ele se inclinou contra ela. O silêncio repentino foi milagrosa, cada pequeno som no silêncio amplificado pelas paredes de rocha. Ele abriu os olhos para ver o fogo bruxuleante iluminando art rock gravado milhares de anos atrás. Como o fogo amadurecido, a escuridão envolveu a caverna, de modo total. Através dessa escuridão, saídas de chamas minúsculas do fogo esterco sombras misteriosas, destacando desenhos diferentes.

Thanoon foi um pouco intimidada por seu novo ambiente, e ele falou em voz alta para El Deloua: "Eu sentir o aroma doce pungente de fezes de queimadas. Eu não sei se é você ou o fogo." Ele riu para si mesmo.

El Deloua parecia saber que ele estava falando com ela, e ela grunhiu. Ambos se acomodou para dormir, e como a noite avançava, o seu silêncio só foi interrompido por um grunhido ocasional de El Deloua. Mais tarde, ele acordou na escuridão, perturbado pelos sons que ouviu do trickle fracos do fonte natural pingando água no poço de água. O respingo de repente estava alto, um irritante constante, até que se tornou apenas mais um ruído da noite.

Depois disso, Thanoon dormia tranquilamente para o resto da noite, até que sua cabeça bateu duro de repente na pedra do chão mesmo coberta de tapete. El Deloua decidiu se levantar e esticar as pernas para obter um pouco de água da área estável na parte de trás da caverna. Ele se levantou em seguida, percebendo que deve ser de manhã, e ele tinha dormido demais. Ele esfregou o inchaço na parte de trás de sua cabeça enquanto ele se virou para olhar ao seu redor.

Uma luz fraca filtrava a partir da entrada, então ele sabia que era hora de entrar em movimento. Ele acrescentou alguns gravetos para o fogo para preparar um chá, em seguida, caminhou para fora da caverna, esticando e bocejando.

Como a realidade em conjunto, começou a prestar mais atenção. Ele olhou em volta para ver se alguém estava observando-o. Vendo que ninguém fora da caverna, ele se aproximou de alguns arbustos e estava prestes a se aliviar, quando ouviu da encosta rochosa acima dele, "Olá, tio."

Thanoon saltou tanto quanto podia em sua posição comprometida, ele se assustou e virou-se enquanto ocupado tentando recuperar sua dignidade. Ele estava um pouco irritado para dizer o mínimo. "Hilal, eu queria que você não faria isso! Se você não fosse tão grande que eu iria colocá-lo sobre o meu joelho."

Não ajudou em nada o humor de Thanoon que Hilal estava rindo tanto que ele, também, quase perdeu o equilíbrio na borda da rocha onde ele empoleirado.

Hilal ainda estava curtindo cada momento de sua surpresa quando ele acrescentou alegremente: "Tio, eu cheguei muito tarde ontem à noite eu não queria perturbá-lo. Ouvi dizer que você e seu companheiro de cama roncando tão alto, eu pensei que seria prudente esperar até de manhã para cumprimentá-lo."

Thanoon ainda não havia se recuperado, mas ele estava tentando. "Essa foi, El Deloua. Ela ronca muito alto, mas ela é um bom companheiro e um travesseiro muito macio."

Hilal expressou surpresa genuína; ele não sabia se seu tio poderia ter se escondido um amor secreto de todo esse tempo e conseguiu levá-la aqui com ele. "Eu vou ansioso para conhecê-la – El Deloua, você diz, que ela é podre estragado?"

"Entra na minha caverna e compartilhar um pouco de chá comigo, acabo amarradão o fogo, a água provavelmente já está fervendo." Thanoon virou-se e encaminhou-se para a entrada da caverna, levando Hilal.

"Você sabe, tio, este deve ter sido um lugar incrível, quando os habitantes originais viveu aqui. Você pode imaginar saindo desta entrada para ir caçar todos esses animais na parede?"

Thanoon acenou com a cabeça em concordância. "Eu gostaria de saber o que aconteceu com essa paisagem maravilhosa para transformá-lo em um deserto seco."

"Eu não acho que nós nunca vai saber," respondeu Hilal.

Os dois sentaram-se em tapetes ao redor do fogo para desfrutar de seu chá. Thanoon foi facilmente distraído e não queria gastar mais tempo falando sobre a caverna; ele queria falar sobre algo mais importante para ele.

"Eu já disse a você sobre El Deloua?"

Hilal sabia que seu tio bem e não ia deixá-lo sair pela tangente. Se ele fez, ele iria falar por horas sobre El Deloua.

"Não, mas primeiro me contar sobre o seu trabalho nas cavernas."

Thanoon mudou de tópicos obedientemente. "Eu segui as instruções exatamente claro e encontrei a caverna com muita facilidade."

Hilal não estava convencido de que era assim tão fácil. "Então, você encontrou a caverna sem dificuldade ou você teve que usar o meu mapa?"

Thanoon foi inconscientemente esfregando o fundo, não estão dispostos a mentir para o sobrinho. "É claro que eu usei o seu mapa, você me fez prometer. Sim, as direções eram perfeitos."

Hilal era todos os negócios; ele estava olhando em volta para tudo Thanoon havia trazido para dentro da caverna. "Eu não vejo os meus pergaminhos aqui."

Thanoon olhou para as providências. "Eu não os trouxe aqui ainda. Quando eu cheguei aqui, eu queria ter seus pergaminhos fora do sol. Encontrei uma pequena caverna perto de onde eu poderia guardar as coisas enquanto eu segui suas instruções para encontrar a caverna."

"Bom," respondeu Hilal. "Então, tudo é seguro?"

"Tudo é armazenado com segurança, escondida de olhares curiosos."

"Ótimo. Agora, diga-me sobre o seu companheiro."

Agora, Thanoon estava radiante; ele finalmente conseguiu falar sobre o que ele queria falar. "Faz muito tempo que eu estou viajando no deserto sozinho que como você sabe que eu estava ficando muito solitário À noite, eu sempre sonho com o companheiro perfeito Eu fiz uma lista mental das características que eu achei mais atraente -... Olhos sensuais, longos cílios dos olhos, fortes, pernas longas, não com excesso de peso. ela teria que me acompanhar, é claro."

Ele estava fora de seu mundo de sonho, e Hilal apenas sorriu e ouviu, mas ele estava pensando que a partir do volume do ronco ouviu ontem à noite, seria interessante conhecer essa mulher "delicado."

Seu tio continuou: "Ela também teria que aprender a ouvir o meu conselho sábio e, definitivamente, não fala muito. Então, em uma viagem, a coisa mais incrível aconteceu, depois de viajar durante a noite, eu estava me aproximando, nos arredores de Aqaba. Para alguma razão, El Deloua estava de pé ao longo da estrada do lado me observando. Quando eu vi ela, foi amor à primeira vista.

"Isso é como El Deloua, 'o mimado', entrou na minha vida," Thanoon sorriu. Se não fosse amor à primeira vista, eu nunca teria pago um grande dote tal – uma fortuna. Agora ela é minha companheira constante."

Ele ouviu um barulho vindo do interior da caverna e olhou em volta. Hilal seguiu o olhar de seu tio, mas tudo o que ele viu foi um camelo. Confuso, ele olhou novamente para o tio. 'Tudo o que vejo é um camelo, certamente ela não é o amor da sua vida?"

Thanoon pareceu momentaneamente levado de volta, como se ele não podia imaginar que alguém não se apaixonar por seu camelo. Ele se recuperou rapidamente e disse com orgulho: "Ah, lá está ela, a minha El Deloua."

Seu camelo aproximou-se acariciar ele. Hilal ainda estava sorrindo para o tio. "Essa é uma história e tanto, tio," disse ele educadamente, pensando seu tio nunca deixou de surpreendê-lo.

Mas Thanoon não havia terminado, ele continuou, esfregando o nariz e as orelhas, "Temos viajado muitos quilômetros juntos. À noite, nós compartilhamos de uma fogueira, e dou-se contra seu amplo peito, olhando as estrelas. Falo das minhas preocupações, e ela escuta, ruminando. Ele é um grande arranjo."

Agora Thanoon estava satisfeito de que ele tinha dito Hilal sua história, e ele voltou a trabalhar. "Deixe-me mostrar-lhe ao redor," ele ofereceu.

Eles terminaram o chá, levantou-se e seguiu Hilal Thanoon ainda mais para dentro da caverna. À medida que entrou na área de armazenamento, Thanoon começou sua visita guiada.

"Como você pode imaginar, quando cheguei aqui, eu tinha que encontrar um lugar fora do sol para armazenar todos os seus pergaminhos. Eu coloquei tudo em uma caverna que eu achei que não está no seu mapa. Podemos ir a qualquer hora e trazer o seu suprimentos quando você estiver pronto. Mas primeiro, meu sobrinho, uma pergunta ..."

Thanoon parou sua turnê e parecia muito sério no Hilal: "Sua família e eu não entendo esta missão que você está. O Conselho de Anciãos de sua tribo está esperando por você para voltar para Wadi Zuballa para servir como nosso líder. Seu pai é o mais velho de nossa tribo, que é o seu dever de voltar para casa para servir.

Ele parou e olhou solenemente para o sobrinho. "Um beduíno é sempre um beduíno."

"Você está certo tio. Temos de ir para a nossa aldeia, e eu devo pagar meus respeitos à minha família e muito tempo. Mas primeiro temos de garantir a caverna."

Thanoon tinha outra idéia: "Eu também acho que é hora de você para me dizer o que estamos fazendo em Qumran."

"Vou responder a todas suas perguntas em Wadi Zuballa na casa do meu pai. Nesse meio tempo, temos de esconder todos os vestígios da nossa presença aqui."

CAPITULO 14
DESTINO

CASA DE HILAL, VILLA DE WADI ZUBALLA

Hilal e Thanoon estava viajando há dois dias, quando avistaram Wadi Zuballa. Não demorou muito depois que a dupla avistou a aldeia que os cães locais começou a latir. As crianças da vila, uma vez alertado, correu para a caravana. Os membros adultos da comunidade se reuniram para eles, assim, para aprender as últimas notícias ou ver o que bens estavam à venda, mas as crianças da aldeia tinha segundas intenções.

Alguns dos comerciantes regulares que veio para Wadi Zuballa eram conhecidos e populares por diferentes motivos, pelo menos entre as crianças. O comerciante que era mais popular foi Thanoon. Uma vez que El Deloua foi flagrado, a notícia se espalhou, e tornou-se uma corrida agitada, para ver quem poderia manchar Thanoon primeiro.

Uma multidão de crianças da aldeia veio correndo para os camelos que se aproximavam, e Hilal viu Thanoon desmontar e caminhar até a parte de trás da caravana. Ele se perguntou se alguma coisa precisava de atenção de seu tio. À medida que as crianças se aproximaram, eles gritaram quase em uníssono: "É El Deloua de Thanoon! Onde está Thanoon?"

Mais crianças se juntou à multidão de recepcionistas feliz na frente da caravana. Todos eles começaram a procurar por Thanoon. Eles exigiram de Hilal: "Onde está Thanoon?"

Ninguém reconheceu Hilal; ele havia sido tão longo desde que ele tinha voltado para a sua aldeia de nascimento. Ele não conseguia entender por que as crianças estavam pedindo por seu tio. Asim que Hilal não tinha respondido, eles começou a andar para trás ao longo da caravana em busca de Thanoon.

À medida que as crianças estavam a ponto de expressar sua decepção, ele saltou de trás do último camelo. Como de costume, ele estava pronto para eles. Eles correram até ele, gritando: "Thanoon! Thanoon! O que você fez nos trazer?"

Hilal se virou para ver o que a emoção estava prestes e foi mistificado. "Por que você está tão animado para ver Thanoon?" perguntou ele.

As crianças responderam no mais feliz dos tons, "Ele sempre nos traz as melhores iguarias! Datas embebido em açúcar, yum!"

Todas as crianças correram em direção ao fim da caravana agora, onde um Thanoon radiante carregava um saco de guloseimas especiais. Eles gritou de alegria enquanto corriam para ele.

Hilal não pude deixar de sorrir para Thanoon. "O tio de todo mundo!" ingressou na gritaria.

Mais tarde naquele dia, Hilal e Thanoon foram os convidados de honra na casa de seus pais, onde a mãe de Hilal cozinhava no meio da sala de estar. Hilal, seu pai e Thanoon sentou ao redor do fogo de terminar sua refeição da noite.

O chá quente foi servido, e o pai de Hilal começou com uma pergunta: "Filho, tem sido um longo tempo desde que você nos visitou. Felizmente, o seu tio nos manteve atualizado. Você já encontrou uma garota boa beduíno com que nos abençoe com os netos?"

"Só o meu tio encontrou o companheiro perfeito," disse Hilal, sorrindo.

Seus pais o olhou com curiosidade, e Thanoon olhou como se dissesse: "Não fale mais."

Hilal não pude resistir quando ele meio rindo, disse: "Você sabe, El Deloua!"

Thanoon pulou e lançou-se sobre Hilal, enquanto o pai e a mãe riu desenfreadamente. Ele estava dominando a luta amigável. "Eu lhe disse que iria levá-lo se você trouxe isso!"

Hilal estava rindo tanto que não podia se defender. "Mercy, Mercy! Tio!"

Thanoon e Hilal voltou para as suas posições sobre o tapete ainda rindo. A família voltou para saborear seu chá doce.

Então o pai de Hilal perguntou: "Então, o que de seu destino, meu filho?"

Ele olhou profundamente nos olhos de Hilal, quase perfurando em sua alma, por isso a intenção foi a sua pergunta.

"Eu entendo a sua pergunta, pai, mas minha viagem foi notável, e não terminou."

"Filho, por muitos anos, as tribos de Beduínos foram governado por um Conselho de Anciãos. Como um Beduíno, é o seu dever de assumir a minha posição para liderar o nosso povo para a frente."

Hilal não sabia como responder a seu pai; seria muito difícil para ele entender. "Minha jornada está apenas começando, Pai."

O pai de Hilal não entendia; confuso, ele perguntou: "O que pode ser mais importante do que o futuro do nosso povo?"

Hilal foi rasgada por sua lealdade a sua família e para o velho escriba, Hillel, o estranho e às suas crenças espirituais. "É a história de uma nação que eu estou destinado a salvar," disse ele.

Thanoon havia nenhuma ajuda, acrescentou a confusão, dizendo: "Eu também não entendo, e tenho viajado com ele."

Os pais de Hilal se entreolharam, tentando ver se algum deles entendeu a posição de seu filho. Hilal decidiu que só havia um caminho a percorrer – dizer-lhes toda a história.

"Mãe, Pai, Tio," começou ele, "deixe-me tentar explicar. Tribos Beduínas são governados por um Conselho de Anciãos. Cada conselho tribal é governado pelo Conselho Supremo Beduíno de Anciãos. Isso é como nossa sociedade funciona."

Todos eles assentiu com a cabeça, e Hilal sentiu alívio. Por enquanto, tudo bem.

"O Conselho Supremo das pessoas idosas não é adorado como um deus," ele continuou, "Eles são apenas homens, não deuses, mas há uma Um Todo-Poderoso, o Deus de todos os povos."

A mãe de Hilal interrompido, obviamente interessado agora. "Quem é ele?"

"Ele não é deste mundo. Este Deus Todo-Poderoso nos diz que nenhum homem deve ser adorado como um deus. Não há nenhum deus, mas um só Deus."

Agora foi a vez de seu pai para interromper. "Como isso afeta a nós?", perguntou ele.

"Os Romanos acreditam que seu líder supremo, César, é um deus e todos devem adorá-lo como a um deus, mas os crentes sabem que a palavra de Deus proíbe expressamente a adoração de falsos ídolos.

"Para os Romanos ter todas as pessoas adoram César como um deus, eles devem destruir cada palavra escrita sobre o todo-Poderoso e os seus ensinamentos .O principal objectivo dos Romanos marcham em Jerusalém é destruir a Torá, é um livro sagrado – a Bíblia Hebraica – que contém todas as leis dos judeus ..."

Agora Thanoon perguntou: "É a Torá em Jerusalém?"

Não, meu professor, juntamente com alguns amigos tomou a Torah da Judéia há muitos anos.

A mãe de Hilal pensei que era uma boa notícia, ela perguntou inocentemente: "Então você pode vir em casa para a sua família agora?"

"Infelizmente não, mãe. A Torá é apenas parte da história. Durante muitos anos, a palavra de Deus foi traduzido por escribas em regras diárias para o homem comum. Estes pergaminhos sagrados também deve ser salvo dos Romanos. Desde que Deus único filho, Jesus, foi crucificado por Pôncio Pilatos, as tensões têm funcionado muito alto."

"Se a Torá é seguro, por que você precisa arriscar sua vida por estes pergaminhos?" perguntou o pai.

"Muitos desses escritos agora contêm as palavras de Jesus Cristo e seus seguidores. Partir dessas escrituras, duas facções distintas desenvolveram. Ambos acreditam que o Deus Todo-Poderoso existe, mas o desacordo é agora 'Quem é o povo escolhido de Deus?'

"Os judeus acreditam que Jesus era o filho de Deus na terra. Os seguidores de Ismael, filho de Abraão, acreditam que Jesus era apenas um homem, ensinando a palavra de Deus e não o filho de Deus na terra."

Thanoon estava entendendo. Ele perguntou: "Então, o inimigo comum de todos nós é que os Romanos?"

Hilal foi finalmente sorrindo, acreditando que ele estava recebendo o seu ponto de vista. "Sim, os Romanos querem tudo nos escravizar, fazem-nos prestar homenagem a César."

"São os Judeus tão seguros de si mesmos que eles iriam assumir a força militar de Roma?" perguntou o pai.

"Eles não têm escolha," disse Hilal tristemente. "Vocês todos devem ficar aqui perto de casa. Muito sangue será derramado."

Sua mãe ficou indignada: "Quem são esses Romanos?"

Hilal sorriu para ela, balançando a cabeça. "Esse é o problema. O general na Judéia é o filho do atual César, Tito Flávio Vespasiano César Augusto. Seu filho quer provar-se digno de tomar o lugar de seu pai, então ele está tomando medidas extraordinariamente brutais para tornar-se digno de sucessão.

"Mãe, eu gostaria de ficar. Mas meu destino não está aqui. Deus me escolheu para ser o protetor das escrituras. Devo voltar a Jerusalém para recuperar o que puder antes que o exército Romano destrói tudo."

Sua Mãe e seu Pai trocaram olhares preocupados e, em seguida, olhou para Thanoon, que, percebendo o que aquele olhar significava, acenou para eles, dizendo: "Eu vou estar indo com Hilal. Não se preocupe, eu ensinei o nosso menino a habilidade antiga de as facas e ele tornou-se um mestre do pankration. vou cuidar dele."

O pai de Hilal disse: "Se ele está indo para ajudar a derrotar os Romanos, ele terá de ser tão bom quanto Hércules! Ele é?"

Thanoon, sempre o tio leal respondeu: "Melhor."

CAPITULO 15
DE VOLTA PARA JERUSALEM

Um dia triste ocorreu em Wadi Zuballa como não só a família de Hilal disse adeus a ele e seu tio, mas as crianças da aldeia se despedir de sua pessoa favorita, Thanoon.

O par eram montados nos camelos e estava preparado para sair quando algumas das crianças correu até eles, gritando: "Thanoon! Thanoon! Vai embora tão cedo?"

Thanoon não favoreceu despedidas prolongadas. Ele disse-lhes severamente: "Voltem para suas casas! Sim, eu tenho negócios importantes a tratar. Vá para casa!"

"Quando você vai voltar?" eles pediram.

Thanoon disse em um sussurro conspiratório: "Eu não sei, crianças Você sabe como é com negócios importantes;.. Às vezes você não sabe quanto tempo isso vai levar"

"Você vai trazer mais guloseimas quando você vem?"

Thanoon tentou encará-los de forma ameaçadora, mas não foi muito bem sucedida. "É claro. Agora vá para casa! Vá em todos vocês! Volto em breve."

As crianças riram e saiu correndo alegremente.

A vastidão árida do deserto na frente deles enquanto cavalgavam para fora da cidade era um forte contraste com o ambiente acolhedor da família tinham acabado de sair. Ambos foram imersos em seus próprios pensamentos, pois arrasta-se. Foi Hilal quem primeiro rompeu o silêncio, fazendo uma pergunta que havia sido importuná-lo – sempre na parte de trás de sua mente.

"Thanoon, você nunca me disse onde escondeu os pergaminhos de Qumran. É perto da caverna principal?"

Thanoon nem estava pensando sobre Hilal e sua caverna. Ele era verdadeiramente preocupados com a magnitude da tarefa à sua frente; parecia que era apenas a dois deles contra todo o Exército Romano.

Depois de puxar a sua mente de volta à pergunta de Hilal, ele respondeu: "Sim, muito perto, sobrinho, uma caminhada de trinta minutos, no máximo."

Depois que ele tinha respondido, ele tentou pensar em como ele poderia dirigir Hilal para a caverna onde os pergaminhos foram escondidos, e percebi que ele não podia. Ele teria que estar lá para mostrar seu sobrinho.

Hilal estava pensando a mesma coisa para si mesmo, preocupado se ele seria capaz de encontrar o lugar certo sozinho. "Você pode marcá-lo no mapa que lhe dei?"

Thanoon esperava Hilal não iria pedir-lhe que, como ele não era um homem de letras, como seu sobrinho e teve um tempo difícil usando mapa de Hilal em primeiro lugar. Ele pensou consigo mesmo, Eu sou um homem das estrelas, meu pai me ensinou a navegar ao redor do nosso deserto; nunca tivemos um uso para mapas.

"Eu acho que eu poderia, mas é melhor eu mostrar-lhe," disse ele em seu lugar.

Hilal sabia melhor do que discutir com seu tio, pensando que Thanoon e mapas não se dão bem juntos. Ainda assim, ele começou a ter essa sensação desconfortável na boca do estômago. Ele desejaria mais tarde que ele tinha prestado mais atenção a esse sentimento de intestino, em seguida.

Ambos voltaram para seus próprios pensamentos até chegarem perto dos arredores de Jerusalém. A viagem restante foi tranquila com Hilal preocupado com tudo o que tinha para fazer e Thanoon muito desconfortável indo de volta para o meio de uma cidade devastada pela guerra.

No segundo dia de sua viagem, El Deloua foi o primeiro a notar, e levantou a cabeça, as narinas batendo, grunhindo, para alertá-los de que algo estava incomodando ela.

O camelo deserto tinha uma visão muito forte e audição, bem como um forte senso de olfato. Thanoon tinha conhecido El Deloua de sentir a água de cerca de dois quilômetros de distância, então ele tinha um respeito aguda para suas habilidades.

Ele percebeu sua mudança de humor e perguntou-lhe: "O que é Del?"

Thanoon levantou os olhos para o horizonte ao redor de Jerusalém, e viu que havia mais fumaça do que o habitual. Hilal viu repentina atenção de Thanoon para o horizonte, e ele também começou a olhar inquisitivo. "O que você vê, tio?"

Demorou alguns minutos Thanoon para terminar o seu olhar ao redor. Quando ele fez, ele respondeu: "É o que eu não vejo que me preocupa."

Ele apontou para o céu, e Hilal seguiu seu olhar. Parecia que de repente, milhares de urubus tinha aparecido de repente e circulou em cima. A dupla continuou sua jornada para a frente e não demorou muito para que eles, também, podia sentir o cheiro que tinha perturbado El Deloua – o cheiro de carne podre. Quanto mais se aproximavam de Jerusalém, a mais repugnante que se tornou.

Quando eles se aproximaram da periferia, eles começaram a ver mais devastação e destruição. Todas as árvores ao redor da cidade – as belas, verde, áreas arborizadas – tinham desaparecido. Somente tocos e deserto permaneceu. Os antigos subúrbios de Jerusalém cheio de gloriosas parques e áreas verdes foram agora latente repugnantes, e milhares de corpos jaziam em todo apodrecendo sob o sol.

O cheiro de carne podre era insuportável, doente, aroma pútrido doce, atraindo moscas e urubus milhares. Matilhas de cães e chacais festejaram na carne humana em decomposição. Muitos dos estômagos foram inchado pelo calor até que os gases foram liberados pelas presas perfurando dos cães que assola.

Thanoon e Hilal ajustou suas roupas de cabeça para colocar uma tampa sobre o nariz e boca. Centenas de pessoas penduradas ao lado da estrada, crucificado, suspenso sobre as únicas árvores que os Romanos deixaram de pé.

"Ouvi dizer que o general Titus ordenou todos os prisioneiros para ser crucificado," disse Hilal "Alguns dizem que centenas de almas têm sido crucificado cada dia no Monte das Oliveiras. É também por isso que não há árvores em pé. Aqueles que não têm sido cortada para fazer muralhas para o cerco, foram usados para crucificar Judeus."

Como eles chegaram mais perto da cidade, eles viram mais corpos, tantos que os chacais e cães selvagens não poderia manter-se. Muitos corpos foram simplesmente eviscerado, seus estômagos cortado aberto.

"Por que eles cortaram os estomagos estas almas indefesas?" Thanoon perguntou. "Que tipo de animal faria isso?

Hilal respondeu, seu rosto mostrando a repulsa total que ele sentia, "Muitos dos Judeus tinha engolido seu dinheiro enquanto tentavam escapar. Quando os soldados Romanos descobriram isso, muitos deles simplesmente cortado o estômago de cada preso na esperança de encontrar uma recompensa."

Thanoon parecia chocado. "O que aconteceu aqui? Este deve ser o inferno! Como poderia o maior império do mundo se inclinar para esses baixos? Nunca na minha imaginação, que eu pudesse considerar tal crueldade."

Ele colocou uma mão para tocar Hilal. "Meu sobrinho, se eu já tinha alguma dúvida sobre como ajudar você na sua busca, não tem agora. Vou fazer o que puder para limpar esses bárbaros da face da terra."

Eles cavalgaram. Thanoon disse, pensativo: "Você me disse que você sabia que isso ia acontecer. Como você sabia?"

"Você esquece que eu sou um escriba; meus deveres não são apenas para proteger as escrituras, mas para copiar muitos desses escritos para outros lerem."

Hilal apontou para o Monte das Oliveiras, acima Jerusalém. "Um dos pergaminhos eu estava copiando contadas de um encontro entre Jesus e os seus discípulos apenas alguns dias antes de ser crucificado. Eles estavam no Monte das Oliveiras, com vista para o Templo, e Jesus disse-lhes: 'Você vê todos estes, não? Verdade, eu vos digo, não ficará aqui pedra sobre pedra que não seja derribada.'"

"Ele estava falando sobre Jerusalém," disse Hilal. "Ele nos alertou sobre tudo isso. O que você vê aqui são os muitos que não acreditavam suas palavras."

Soldados estavam guardando todos os cruzamentos cruciais em brilhante capacetes de bronze com Mohawk como o cabelo vermelho, protege apertou contra o peito e espadas batendo em seus escudos. Ardentes brasas de residências destruídas alinhou os subúrbios, o cheiro de madeira queimada e cadáveres podres avassalador. Corpos colocar onde eles foram abatidos. Todos os sobreviventes foram magro, cabelos emaranhados, os olhos arregalados e assustado em trapos sujos, em vez de roupas.

    Na frente dos muros de Jerusalém, estruturas de madeira monolíticas sobre rodas ainda estava pronto. Os arredores da cidade estavam sendo colocados para a tocha, toda a estrutura à vista incendiados. Os moradores que tentaram defender sua propriedade foram mortos à espada. Não é uma pedra foi deixada sobre pedra como os Romanos destruíram sistematicamente tudo em seu caminho, se preparando para o empurrão final para quebrar as paredes e invadem o santuário de Jerusalém para destruir o Segundo Templo.

CAPITULO 16
O CERCO COMECA

Como se espera de Hilal e Thanoon, o ataque ao Monte do Templo começou. As pequenas escaramuças, provocadas se tornou de pleno direito, assaltos brutais. Em um confronto selvagem, os Romanos romperam as muralhas da cidade de novo como Cristãos correram para tentar reparar as lacunas.

Apressando-se para fortalecer tudo o que podiam ao redor do templo, eles tentaram reforçar as defesas antes de tudo foi incendiado e destruído. As pessoas se retiraram dos Romanos temido, correndo de volta para o Templo e olhando por cima dos ombros para os bárbaros que avançavam.

Quando eles chegaram lá, eles perceberam que não havia mais para onde ir; não havia mais espaço para as chegadas tardias. Como as defesas finais foram violados, as chamas começaram a festa em estruturas de madeira.

De repente, os defensores percebi que era o fim. Por desespero, veio uma onda de renovado esforço, e eles atiraram-se contra os invasores.

Agora eles estavam lutando dois inimigos – os Romanos e o fogo. Enquanto as chamas subiram, os Cristãos gritava em agonia. Eles tinham fogo às suas costas, espadas à sua frente, e foram abatidos aos milhares.

O lamento dos moribundos e a marcante da espada contra o osso e pedra era ensurdecedor. O fogo estava tão quente e tão intenso que as vítimas foram rapidamente consumidos, o cheiro de carne queimada nauseante.

Thanoon e Hilal observava de uma distância, sentindo tremenda culpa porque não havia nada que pudesse fazer. Na fúria da batalha, 6.000 ficaram mortos ou morrendo de seus esforços para defender o Monte do Templo.

Mas mesmo isso não era suficiente; os Romanos queriam destruir, a destruir tudo. Em poucos minutos, o santuário foi alcançado e profanados. Soldados Romanos saquearam o tesouro, transportando fora, qualquer coisa de valor, incluindo duplicatas banhados a ouro de Hilal. Qualquer coisa não de valor foi posto à tocha ou atacada em nada. Jerusalém foi saqueada e queimada. O templo tinha ido embora.

Thanoon e Hilal assistiu a devastação, incrédulo. Eles viram um contingente de guardas pessoais de Titus transportar os tesouros mais valiosos.

Mesmo a esta distância, puderam ver o menorah – candelabro de ouro – e a mesa dos pães da proposição, bem como um saco cheio de copos menores de incenso. O castiçal de ouro era tão pesado e magnífico que seis guardas se esforçou para carregá-lo. As tropas decolou na direção do acampamento de Titus, no Monte das Oliveiras.

Os soldados Romanos carregavam seus tesouros pelo acampamento no Monte das Oliveiras, passando fumegantes fogueiras e barracas simples, até que chegou ao gabinete de luxo da General Titus. O retalho foi jogada para trás, e os soldados se esforçou para trazer o candelabro de ouro, a mesa dos pães da proposição e o saco menor cheia de copos de incenso.

General Titus entrou nesta sala para examinar o seu saque. Ele foi cercado pelos soldados Romanos que carregavam no saque e seu ajudante Flávius, um guerreiro endurecido pelas batalhas com uma cicatriz profunda que vai do lado direito da testa até o queixo.

General Titus ordenou Flávio, "Buscar meu ourives, eu quero saber a quantidade de ouro que eu tenho aqui!"

"Sim, senhor."

General Titus tinha uma reputação como um mestre muito cruel e tinha sido conhecido por derrubar um subordinado se o general não gostou do tom de sua resposta.

"Eu quero saber o valor dos meus tesouros, faz um relatório e dar de volta para mim, e só eu, entende?"

"Sim, senhor."

Titus se retirou para seus aposentos bem equipados, ele não faltava de qualquer luxo, enquanto Jerusalem queimava. Sua comitiva imediatamente correu para o seu lado, funcionários voluptuosas trazendo-lhe pão e vinho. Titus não acreditava em dificuldades desnecessárias quando ele estava longe de Roma. Ele trouxe os melhores confortos Roma tinha a oferecer. Isto incluiu a sua assessoria pessoal, que não eram soldados, mas servos que ele tinha em casa.

Depois de mais uma noite de decadência, enquanto a população de Jerusalém estava faminto, petrificado ou morto, Titus estava ansioso para ouvir sobre o valor de tesouros roubados. Ele não teve que esperar muito tempo.

Na manhã seguinte, seu descanso foi interrompido por seu ajudante, que apareceu na entrada batendo com a espada em seu escudo para anunciar sua presença. "General, o ourives está pronto para informar-vos," ele anunciou em voz alta.

Titus levantou-se e cruzou sua sala de estar para retornar à sala onde seu tesouro foi armazenado. Ao entrar nesta sala, seu ourives estava esperando, um tímido expectação horrível judeu, pressionado em serviço por seus senhores Romanos. "Você já terminou seu relatório, judeu?"

O escravo assustado apenas acenou com a cabeça.

General Titus ordenou, "Todo mundo para fora!"

Ele esperou para que todos possam sair em seguida virou-se para o escravo. "Diga-me, judeu, a quantidade de ouro que eu ganho?"

O homem assustado tremeu hesitam em dar o seu relatório.

"Fora com ele! Apresse-se! Conte-me sobre o meu ouro."

"Eles são todos falsos, General; todos eles são duplicatas, duplicatas dourados dos originais."

Titus estava pasmo. Em voz baixa, para não ouvir os outros de sua falha, ele disse, "Mostre-me."

O escravo levou Titus para o castiçal e raspou um pouco de ouro para revelar a estrutura coberta de chumbo abaixo. Ele então foi para os pães da proposição e repetiu o processo. Enquanto ele trabalhava, disse o general, "réplicas inúteis, todos eles."

O rosto do General Titus ficou vermelho, seu corpo traiu sua grande decepção. No total confusão, ele se virou para o escravo. "Deve haver algum engano,. Este era para ser o meu momento de glória. Roma seria tão incrédulo dos tesouros que eu trouxe de volta que eles não teriam outra opção senão me coroar César."

Então, com uma voz muito mais baixo para o homem: "Quem mais sabe dessa decepção, escravo?"

"Ninguém, meu general. Segui suas ordens com precisão. Ninguém estava no quarto quando eu fiz o meu trabalho."

General Titus andou pela sala, pensando, planejando, em seguida, balançando a cabeça como se tivesse tomado uma decisão. Então ele perguntou ao escravo: "Quem ordenou as duplicatas ser feita?"

O homem tremeu de novo com medo. "O Rabino Hilal. Ele removeu os originais semanas atrás."

Titus andou atrás do escravo atenta e, em um movimento rápido, tirou a espada e desferiu um golpe letal à sua volta. Ele então caminhou até o saque de vasos de incenso, pegou um e jogou sobre o corpo do escravo.

O General, satisfeito com a sua decepção, gritou: "Guarda Guarda!"

O tipo de grito Titus fez trouxe uma reação imediata; seu ajudante e uma tropa de soldados veio correndo, espadas na mão, como se a própria vida de Titus foi ameaçado. Apontando para o escravo e copo, "se livrar deste corpo! Este escravo tentou roubar de mim."

Titus olhou para seu ajudante. "Flávio, colocar um guarda de 24 horas no meu ouro. Eu não quero mais ninguém tentando roubar isso de mim. Quero que todos os ourives em Jerusalém preso e crucificado, exibido na estrada a leste da cidade.

"Este escravo me disse que o Rabino Hilal planejou um artifício para esconder muitas outras peças do tesouro," disse ele. "Eles foram escondidos em algum lugar fora do Templo. Eu quero que ele preso e levado para mim, mas não matá-lo ... ainda."

Titus marchou solenemente para fora.

CAPITULO 17
FAZER UM PLANO

Thanoon e Hilal ainda estavam imóveis, se a verdade seja dita, eles estavam muito chocados ao se mover ou até mesmo pensar sobre o seu próximo passo. Ambos pareciam positivamente doentia; as atrocidades tinham visto além do que a mente humana poderia imaginar.

Eventualmente, Thanoon recuperado de seu estupor e olhou para o sobrinho.

"Hilal, é perigoso demais para entrar em Jerusalém esta noite, e é muito perigoso para acampar aqui. Vamos voltar para as montanhas e tentar encontrar um lugar mais seguro para o acampamento."

Hilal olhou para seu tio, a realidade lentamente se infiltrando para trás em seu subconsciente. Ele freou seu camelo ao redor, e ambos se apressou suas montarias para longe da cena revoltante de deboche humano. Depois de muitas mais horas na sela, eles encontraram um refúgio parcialmente isolada em um barranco rochoso. Eles olharam sobre a área para ter certeza de que era seguro o suficiente para fazer o acampamento.

Uma vez que decidiu que iria fazer e tinha a vantagem adicional de que o fedor de cadáveres podres tinha desaparecido, eles descarregado seus camelos em silêncio.

Thanoon começou a fazer uma pequena fogueira para preparar um chá. Quando a água estava quente, eles beberam o chá em silêncio. Depois do que tinham visto naquele dia, havia pouco a dizer. Uma vez que eles terminaram o chá, eles montaram acampamento, vagando quase como zumbis. Crepúsculo virou-se para a noite, e sentaram-se para um jantar de pão e queijo que haviam trazido de Wadi Zuballa.

Ambos tinham pouco apetite e Hilal foi o primeiro a finalmente falar. "Eu não reconheci o Velho Judéia ou os subúrbios gloriosos, cada traço de beleza foi apagado pela guerra e crueldade," lamentou.

"Sim, eu concordo, meu sobrinho. É muito perigoso para nós que ir para a cidade."

Thanoon agora estava tentando pensar estrategicamente, mas Hilal teria nada disso. "Eu tenho que ir, tio. Os pergaminhos são muito importante que eu tenho pessoas esperando por mim. Minha vizinha Maria e outro membro da Via estão em Jerusalém colocando suas vidas em risco, devo ir, eles vão nos ajudar.."

Thanoon não tinha ouvido esse termo antes; ele perguntou Hilal com um olhar confuso em seu rosto, "O que é um membro da VIA?"

"Nós somos os Escolhidos, para ensinar e guiar os outros no caminho de Jesus."

"Eu poderia tornar-se um membro da VIA," perguntou Thanoon.

Hilal se virou para olhar longo e duro em seu tio. "Deixe-me dormir sobre o assunto. Vamos discutir isso na parte da manhã." Depois de um momento, ele tinha outra idéia. "Você está armado?"

Thanoon puxado para trás de sua camisa para expor uma faixa de couro largo, pendurada de um ombro para o outro lado de seu abdômen, cheia de facas. Ele sorriu amplamente. "Se alguém tentou nos prejudicar, eles iriam se arrepender."

"Eu vou colocar minha cama perto do fogo e depois dormir de volta com os nossos camelos," disse Hilal.

"Você aprendeu bem, Sobrinho. Boa noite."

Mais tarde, Hilal acordou com o barulho de um tumulto perto da fogueira. A noite estava escuro como breu, sem luz da lua. Ele podia ouvir a voz de seu tio, gritando e pedindo em voz alta. Parecia que ele estava com problemas, mas em seu estado sonolento, Hilal se perguntou quem poderia ter encontrado ali.

"Você não precisa disso! O que você quer?" Gritou Thanoon.

Hilal foi imediatamente em alerta. Ele limpou o sono dos olhos, levantou-se da esteira escondido, e encaminhou-se para o ruído. Ele penetrou furtivamente para a frente. Três, bárbaros peludos com barba por fazer estava segurando Thanoon. Um segurou seu pescoço, enquanto os outros dois estendeu os braços.

Um quarto bandido sentou-se em um toco de árvore e um quinto avançou para Thanoon com uma filial em brasa, ardente do fogo.

O quarto bandido perguntou de seu toco de árvore, "Você vai nos dizer o que quer saber?"

Hilal poderia dizer o quarto bandido era o chefe, mas sua prioridade era lidar com o bandido avançando em direção Thanoon.

Thanoon parecia muito preocupado, gritando mais alto do que o necessário, esperando que ele estava sendo ouvido por Hilal. "Eu não tenho um estoque de dinheiro, eu sou apenas um simples comerciante beduíno."

O quarto bandido não acreditou nele, quase rindo de sua resposta: "Eu nunca ouvi falar de um comerciante pobre beduíno que não tem dinheiro para negociar. Diga-nos onde e o seu dinheiro ou vamos queimar seus olhos para fora."

O quinto bandido era uma pessoa miserável, a curto, sujo, com cabelo castanho desgrenhado e um olhar mal no rosto barbudo. Ele deslizou mais perto de Thanoon, soprando sobre o ramo brilhante até que era vermelho brilhante. Hilal estava pronta para ele. Ele subiu e escondido nos arbustos de modo que ele estava por trás Thanoon mas na frente do quinto bandido.

O quinto bandido gritou para os companheiros: "Ah, eu acho que ele está pronto agora. Deixe-me queimar-lhe os olhos;! Eu quero ouvir-los chiar!"

Nas sombras por trás Thanoon e seus captores, um ramo balançou e uma sombra passou por trás deles, embora antes que eles pudessem ver o que era.

O quarto bandido, ainda sentado no toco de árvore gritou: "Ere! Que diabos foi isso? Alguém viu …"

Ele parou de falar, de repente em pé para olhar ao redor. Seus olhos fixaram-se no quinto bandido que, até o momento anterior, estava avançando em Thanoon, com o ramo em chamas. Seu companheiro tinha caído seu ramo e foi cambaleando para trás, caindo de costas para o fogo. Ele estava borbulhando como o pescoço e a cabeça queimada nas brasas, agarrando-se a algo em sua garganta.

O quarto bandido foi até o seu amigo para ver uma faca saindo da traquéia do homem, sangrando muito. "Ele tem uma faca em sua garganta! Ele esta morrendo Ver de onde veio? Deve ser ..."

Quando ele gritou, Hilal deu a volta para o outro lado do campo, atrás dele. Em um flash, o escriba jogou outra faca, e é apresentado no olho do bandido segurando o pescoço de Thanoon. Ele caiu morto, sem nunca saber o que o atingiu.

Os outros dois bandidos que estavam segurando Thanoon reduziram sua aderência suficiente para que ele foi capaz de lutar livre. Para a surpresa de seus captores, ele virou de volta para eles com uma faca em cada mão.

O segundo bandido disse em pânico, "Onde ele conseguiu aquela fac..." Ele não conseguiu terminar a frase; ele caiu morto como Thanoon cortou sua jugular.

O primeiro bandido começou a andar para trás, apenas para correr em Hilal, que cortou sua garganta. O quarto bandido olhou incrédula para os dois homens, uma vez que os seus prisioneiros, agora seus captores. Diante dele estava um beduíno e um Rabino.

Ele começou a recuar, implorando por sua vida ," eu quis dizer nada. Nós nunca iriam prejudicá-lo. Foi ... você sabe ... apenas um pouco de diversão."

Thanoon estava furioso. "Onde é que você veio?"

O quarto bandido começou a tremer de medo. "Nós estávamos apenas tentando ganhar a vida."

Hilal chamou outra faca e jogou, acertando sua testa. Ele caiu morto.

O escriba, também, ficou furioso, quase fora de controle. Sua raiva reprimida depois de ver a enorme crueldade infligida ao povo de Jerusalém e, em seguida, este ataque desencadeou uma parte primitiva do seu ser.

"Você não vai estar matando mais inocentes, nunca," ele cuspiu com veemência.

CAPITULO 18
NO VENTRE DA BESTA

Quando a luz do dia quebrou sobre a ravina onde Thanoon e Hilal tinha acampado, a atmosfera ainda parecia carregada de uma sensação palpável de mau agouro. Era como se as intenções assassinas do exército Romano invadindo constituída uma névoa, uma desagradável, banco de névoa poluída de espessura que se expandiu cada vez para fora de Jerusalém. Esta névoa espessa do mal parecia ter uma vida própria, movendo-se por si só e injetando a todos que me deparei com a sua própria doença infecciosa.

Era inabalável, a sensação de uma catástrofe iminente, e tão grande que penetrou na alma como ele se espalhou por toda a terra. A certeza de extermínio podia ser sentida no coração da pessoa, tornando-se simplesmente angustiante para respirar e atormentando a estar emocional de todos dentro de seus limites.

Quando acordou Hilal, Thanoon estava agachado sobre atiçando as brasas da fogueira. Ele olhou para cima, como Hilal se aproximou: "Bom dia, sobrinho, você pode sentir isso?"

Hilal soube imediatamente o que ele estava falando – o sentimento de mal-estar flagrante os dois haviam afetado.

"Sim, eu posso. Que aconteceu com os bandidos? Não vejo qualquer um dos corpos."

Thanoon respondeu sem olhar para cima. "El Deloua e eu levei-los ontem à noite."

Hilal notado Thanoon agido de forma diferente, seu comportamento mudou. Foi-se o tio despreocupado, e Hilal não poderia colocar o dedo sobre ele exatamente, mas era estranho.

"Temos muito a discutir. Enquanto você faz o chá, eu quero fazer check-out ao redor do acampamento para faixas ou quaisquer sinais de perigo," anunciou Thanoon sem uma explicação.

Ele deixou a relativa segurança de seu acampamento com El Deloua. Hilal podia vê-lo desmontar a distância, andando com a cabeça virada para baixo, examinando o chão. Depois de algum tempo, ele remontado El Deloua e continuou a sua pesquisa, olhando para o chão.

Mais tarde, Thanoon retornou ao acampamento, e Hilal poderia dizer que algo estava preocupando a ele. Como ele chegou à pequena fogueira, ele disse a seu sobrinho, "Hilal Eu não entendo o que está acontecendo. Todo mundo parece estar ficando louco, roubando e matando uns aos outros."

Hilal encontrado a situação dos judeus difícil de entender, também. Depois de muito pensar, ele respondeu Thanoon, "Tio, você já ouviu falar da expressão, 'Todos os caminhos levam a Roma"?

Thanoon assentiu. "Claro. Eu não sou um beduíno ignorante. Todas as estradas são Romano, onde mais eles poderiam levar?"

Hilal sorriu, balançando a cabeça, feliz por ter seu tio ao seu lado com seus diretos, maneirismos honestos. Ele pensou consigo mesmo que não havia nenhum subterfúgio neste homem.

"Diga-me o que é que você quer, eu vou buscá-la para você," disse Thanoon.

Hilal sentiu a magnitude de sua responsabilidade. Ele estava em uma profunda reflexão; que era uma coisa do destino para chamá-lo a arriscar sua vida, mas ele estava lutando dentro de si mesmo, perguntando se ele poderia, em sã consciência, pedir a mesma de Thanoon. Se ele escolheu para dizer o tio sobre a enormidade do destino que havia sido empurrado para ele, o risco de uma morte tortuosa poderia ser a conseqüência para ambos. O perigo era muito real, se ele continuou a ajudar Hilal.

Por fim, ele decidiu que seu tio já tinha tomado a decisão por ele; ele não iria ser adiadas, ou mandado embora. "Tio, a história que estou prestes a dizer-lhe é de tal magnitude, o próprio conhecimento de que poderia resultar em você ser torturado e crucificado."

SEGREDOS DO MANUSCRITOS DO MAR MORTO

Hilal assistiu Thanoon como seu porte mudou completamente. De repente ele estava todo ouvidos, querendo saber e não aceitar ser conduzido cegamente em perigo. Ele tinha que saber a verdade; ele exigiu saber.

"Tio, quando eu contar essa história, meu destino se torna seu. Se eu não viver para cumprir a minha missão, você deve cumpri-la para mim."

Thanoon teve seu mais sincero olhar enquanto esperava Hilal para começar, reconhecendo que esta era de se esperar. Em vez de responder dessa forma, ele explicou seus sentimentos. "Há muito tempo atrás, eu segui um menino para o deserto. Ele estava em uma missão,. Seu destino estava chamando. Eu vi um menino crescer em um homem nessa viagem solitária."

Hilal lembrou da sua viagem para o acampamento de seu pai. "Minha vida tem sido dedicada a você desde aquele dia," disse Thanoon. "Você sabia que eu te segui naquela noite? Quando você foi procurar seu pai para pedir sua benção para seguir seu destino?"

"Parece que há muito tempo, mas não, eu não sabia que você me seguiu."

Thanoon estava perto de asfixia-se com a memória emocional de tudo isso. "Sua mãe me pediu para ir, quando ela veio clamando em minha tenda naquela noite que você fugiu."

Hilal sorriu em retrospecto, virando a cabeça de lado a lado. Thanoon interrompeu suas lembranças melancólicas, "Hilal, me desculpe. Continue com sua história."

"Os Romanos querem destruir o segundo Templo de Jerusalém. Durante muitos anos, o templo serviu como o Tesouro do Estado e do arquivo para os pergaminhos, a história registrada do Judaísmo. As riquezas dentro do Monte do Templo foram incomparáveis."

Thanoon estava obviamente prestando atenção. "Você disse que 'foram,' Sobrinho, não 'são.' Por quê?"

Hilal estava contente de ver seu tio pegou na inconsistência. "Eu vou chegar a isso em um momento. Quando Moisés desceu do monte Sinai, que tinha com ele instruções para construir um gigante, candelabros de ouro. Quando voltou a Jerusalém, juntamente com alguns dos melhores ourives da cidade, ele encomendou um candelabro de ouro puro a ser feita. Suas instruções eram precisas. Ele seria feito de sete ramos. a base, os ramos, e todas as flores nos ramos, de ouro puro."

"Porque sete ramos?"

"Eles ficaram para os sete dias da criação."

Thanoon foi totalmente absorvido na história. "Você não roubou o candelabro não é?"

"Tio, ser sério. Não, eu não roubei, mas também não queria que os Romanos para roubá-lo. Isso, bem como outros artefatos, são muito importante e significa muito para o povo judeu. Deixar os Romanos roubar os artefatos seria outra atrocidade."

"Então, o que você fez? Estou fascinado com esta história."

"Esta guerra e o cerco de Jerusalém foram acontecendo há quase quatro anos. Quando se tornou evidente que os Romanos queriam destruir Jerusalém, foi desenvolvido um plano."

Thanoon inclinou-se, antecipando claramente cada palavra. "Você é cheio de surpresas, Sobrinho. Então, o que 'sem vergonha' você tem feito? O que você pretende fazer?"

"Nós empregamos vários ourives, juraram segredo. Estes voluntários, que sabiam do perigo que enfrentou, foram acusados de fazer cópias exatas dos artefatos de chumbo, então o ouro-plating todos eles."

Thanoon riu histericamente. Ele não podia controlar suas gargalhadas de alegria. Hilal continuou sua história. "Estes ourives criaram as duplicatas, em seguida, começou a desmantelar as relíquias reais em pedaços menores para que eu pudesse contrabandear-los fora do Monte do Templo sob os narizes dos Romanos."

"Meu sobrinho, você é inacreditável! Quem veio com esse enredo?"

"Claro que foi Eu."

Assim que Thanoon parou de rir, seu subconsciente ele voltou à realidade, e ele sentiu uma sensação de mau agouro; eles precisavam para sair deste lugar.

"É tempo de passar por aqui,. Vamos levantar acampamento, e podemos continuar a nossa conversa"

Ao longe, a fumaça subiu de Jerusalém. Lá em cima, os abutres circulando começou a descer para sua festa de manhã sobre os cadáveres em decomposição.

Esta partilha de histórias tinha feito muito para levantar seus espíritos e os dois se sentia como se uma carga tivesse sido tirado deles, deixando-os rejuvenescido. O humor como eles levantaram acampamento estava em contraste com o que eles tinham estado em quando eles chegaram.

Depois de terminar seus preparativos, a dupla retomou a sua viagem para Jerusalém. As atrocidades ferozes do dia anterior tinham acabado. Hilal e Thanoon podia ver agora, a leste da cidade, no Monte das Oliveiras, uma legião Romana de mais de 5.000 infantaria estavam acampados. A fumaça subia de inúmeras fogueiras, e o ruído de soldados praticando sua espada era audível mesmo de longe.

Para o oeste, no Monte Scopus, um exército ainda maior estava acampado. A bandeira do general Romano Titus voou por cima de todos os acampamentos. Outra legião de soldados Romanos esperavam, acampados nos arredores de Jerusalém, realizada na reserva.

"Esta é a mais incrível montagem de um exército que eu já vi. Nós vamos ter que ter muito cuidado," disse Thanoon.

CAPITULO 19
HILAL, O CACADA

Hilal e Thanoon aproximou Jerusalém. Ao longe, viram o East Gate. "Quem é o discípulo que estão reunidos em Jerusalém?" Perguntou Thanoon.

Hilal pensou que sua resposta seria surpresa para seu tio, e ele fez, "Jude."

"Você quer dizer o menino da nossa aldeia que costumava intimidar você?"

"O mesmo."

"Mas como é que isso aconteceu? Dele eu tenho que ver!"

"Ele veio a mim há alguns anos atrás, sua vida estava em tumulto. Sua família tinha morrido, e ele queria fazer-se por sua crueldade como um menino. Ele pediu meu perdão," disse Hilal "Ele provou. – Apenas um homem comum com uma coragem extraordinária. Ele está esperando por nós com o meu vizinho, Maria."

Então, olhando seriamente para o seu tio, Hilal acrescentou: "Ela é muito mais bonita do que El Deloua!" Ele riu. "Thanoon, sobre um assunto mais sério, os Romanos estarão assistindo minha casa. Quando chegamos, vamos ter pouco tempo e eu vou ter que sair assim que me identificar."

"Você tem que ficar e ajudar Jude e Maria carregar os camelos," disse Hilal. "Então você pode pegar até mim. Eu irei para Aqaba do portão sul.

"Onde você escondeu tudo?"

"Debaixo da minha casa, em Jerusalém. Você vai encontrar um alçapão de madeira de três centímetros abaixo do chão. Todos os Scrolls estão escondidos lá, os tesouros também. Deixe os tesouros, mas carregar os pergaminhos para levar para as cavernas."

"Tio, chegou a hora, devemos dividir, eu vou a pé para minha casa. Deixe meu camelo amarrado no Portão do Sul Assim como os Romanos sair do meu bairro, carregar os camelos e ajudar Jude e Maria fuga..."

Thanoon sentiu o peso de sua responsabilidade – para ser fiel à Hilal, ele teve que ajudá-lo com os pergaminhos, mas para ser fiel a sua irmã e irmão-de-lei, ele deveria ficar com Hilal e protegê-lo.

Ele decidiu que a lealdade à sua irmã e seu marido era o mesmo, e declarou a Hilal, desafiadoramente, "Eu não vou deixá-lo!"

Hilal também tinha certeza de que suas lealdades estava e que, neste momento, a história de um povo era mais importante que a sua vida. Igualmente desafiador, falou para Thanoon: "Você deve! Se alguma coisa me acontecer, leve os pergaminhos e meu corpo a Qumran. Vou mostrar-lhe o que fazer."

Thanoon fez uma dupla tomar, balançando a cabeça: "Mas se você está morto ...?"

Ele não entendeu, mas ele acreditava em seu sobrinho. Ele pensou consigo mesmo sobre a história Hilal disse a ele sobre Jesus acordar os mortos. Talvez isso poderia acontecer com Hilal.

Ele não conseguiu terminar os seus pensamentos; Hilal tinha visto o perigo. Era hora, disse Thanoon. "Agora vá, tio! Nós estamos em perigo junto. Lembre-se, eu te amo como se fosse meu próprio pai."

Thanoon virou para ir embora; foi um momento muito emocional para ele. Ele nunca teve filhos e nem mesmo tomar uma mulher. As emoções sentidas foram um desenvolvimento estranho para ele e muito diferente do que o sentimento que ocupou por El Deloua. Com uma voz trêmula ele respondeu: "Bênçãos, meu filho."

"Bênçãos, meu pai."

Hilal desmontou, dando o seu camelo Thanoon. Soldados Romanos estavam por toda parte, mais a intenção de assediar as pessoas tentando deixar a cidade do que os que entram. General Titus tinha dado suas ordens – "'No Quarter', matá-los todos; homem, mulher ou criança, civil ou lutador, matá-los. "Os únicos a receber um passe foram os trabalhadores que forneciam provisões para os Romanos invasores.

Hilal andou furtivamente em direção a sua casa, movendo-se nas sombras. Felizmente para ele, ele tinha vivido em Jerusalém por tanto tempo que ele conhecia todos os becos e passagens secretas através dos mercados e áreas públicas. Quando ele chegou ao seu próprio bairro, ele viu de um lado da casa de seu vizinho. De dentro, Maria e Jude estavam assistindo.

Sua atenção foi atraída para algum movimento do outro lado da rua – espiões Romanos ou tropas, escondido, esperando ele aparecer. Hilal correu para um lugar em um canto e olhou algumas barracas perto de sua casa. Novamente rastejando para a frente, ele arriscou uma olhada para fora em torno do canto, então ele colocou a cabeça para fora.

Hilal saiu correndo. Ele podia ouvir as tropas Romanas atrás dele, alertado e movendo-se para assumir a perseguição. O som sinistro de marchar botas de couro na calçada, batendo espadas contra os escudos, flutuou em direção a ele – os soldados com o dobro de março, dando a perseguição. As vielas de Jerusalém não eram como estradas Romanas; eles torciam e virou, deixando as ruas congestionadas e não foram propício para marchar em formação.

Hilal olhei ao redor e correu rápido, vendo soldados seguinte. À medida que os soldados Romanos viram, eles quebraram a formação e correu em direção a ele, empurrando as pessoas para o chão.

Um dos soldados Romanos perseguindo gritou para aqueles à sua frente: "Abram caminho idiotas! Abram caminho! Saia do nosso caminho ou sofrer as conseqüências!"

As pessoas espalhadas por todo o lugar como soldados funcionou através de um mercado cheio de vendedores, alguns exibindo os poucos bens que tinham, muitas barracas vazias. Hilal abaixou em outro beco e através de um mercado correr mais rápido e mais rápido.

Os soldados perderam de vista dele, e ele completou seu círculo planejada volta ao seu bairro. Soldados Romanos ainda estavam por toda parte.

Ele ouviu um oficial Romano ordenando seus subordinados, "Alertar todos os sentinelas no caso de ele tenta deixar a cidade. Enviar um pelotão para cada portão."

SEGREDOS DO MANUSCRITOS DO MAR MORTO

Como o oficial fez a sua ordem, centenas de soldados chegaram no bairro de Hilal. Os pelotões de soldados marchando trotou para o Norte, Sul, Leste e Oeste portas da cidade.

Hilal decolou novamente para o portão sul. Pouco tempo depois, ele foi visto. "Lá vai ele! Abram caminho!" gritou um outro soldado.

Mais dois soldados correram atrás Hilal, e ele se abaixou em uma sinagoga. Os soldados hesitou, tentando ver para onde ele foi, enquanto Hilal correu para fora do outro lado. Os soldados perderam a visão dele de novo. Ele precisava do break; sem fôlego, ele diminuiu a velocidade e colocar um pano sobre a cabeça enquanto caminhava pela rua, tentando agir um espectador inocente. Ele ouviu o som de um pelotão Romano trotando atrás dele tentando alcançá-lo.

Ao som do pelotão se aproximando, o Portão do Sul entrou em vista, e ele se apressou em um último esforço para alcançar a saída antes que o pelotão chegou lá para prendê-lo. Ele viu seu camelo amarrado nas proximidades, vigiado por um rapaz do lado de fora do portão. Ele chegou ao portão e percorreu, agarrando as rédeas assim que ele pulou para montar o camelo. O menino estava meio assustado com a morte, e fugiu, desaparecendo no submundo da cidade.

Os soldados finalmente chegou por trás Hilal e deu a perseguição a pé, mas agora ele estava em um galope decolando para o deserto. Ele correu seu camelo no andar mais rápido que conseguia, dirigindo sua montagem através de ravinas, em um barranco, e, em seguida, até o outro lado sobre uma duna em direção a algumas montanhas.

Ele olhou para trás para encontrar soldados Romanos montagem no Portão Sul e pelotão após pelotão decolando em sua direção. Os Romanos eram agora depois dele, na formação, com dupla marchando através do terreno acidentado sem medo. Ele correu assustado com a visão de soldados que vêm incansavelmente atrás dele.

Silenciosamente, ele orou para que ele tivesse dado tempo suficiente para Thanoon, Jude e Maria carregado e sobre a sua maneira de Qumran.

CAPITULO 20
ESCONDER OS PERGAMINHOS

CASA DE HILAL

Thanoon olhava, parecia que os soldados Romanos tinham ido. Ele manteve a varredura das ruas, pensando que era clara. Finalmente, ele foi até a casa de Maria levando dez camelos.

Quando ele se aproximou, a porta se abriu e uma cabeça bateu para fora com cuidado. "Você deve ser Thanoon? Eu sou Maria."

Ele viu os olhos verdes mais bonitas que ele já tinha contemplado, e perguntou-lhe: "Você tem os pergaminhos prontos para ir?"

Maria saiu, Thanoon podia vê-la pela primeira vez, e os seus olhos pousaram. Ela o trouxe de volta ao presente, dizendo: "Nós estamos prontos."

"Hilal nos comprou algum tempo," ele respondeu calmamente.

Thanoon entrou na casa para ajudar a trazer todos os sacos e recipientes. Ele, Maria e Jude engatou as alças nas selas dos camelos, fazendo muitos viagens até que eles estavam prontos para ir. Eles se dirigiram para o portão leste. Viajar para o portão foi relativamente fácil, uma vez que todos os soldados Romanos na cidade tinha sido implantado no Portão Sul para procurar Hilal.

Sua diversão tinha funcionado.

JERUSALÉM, PORTAO SUL

Como Thanoon, Maria e Jude chegou ao portão, os soldados Romanos ainda estavam patrulhando. Palavra deve ter sido recebida que a caçada para Hilal agora estava concentrada no Portão do Sul, enquanto os guardas estavam mais relaxados aqui.

Thanoon entregou Jude o mapa de couro das cavernas de Qumran, dizendo-lhe: "Vá agora. Devo ir ajudar Hilal. Se você seguir estas instruções, você vai encontrar a caverna. Se você ver um espinheiro, você vai estar por perto. Agora vá ! Espere por nós lá."

Com um floreio e um último olhar para Maria, Thanoon se foi, deixando Maria sozinha com o Jude. Jude liderou a equipe de camelos em direção ao portão. Ao fazerem isso, um soldado Romano se aproximou, "Alto! Por que tantos camelos?"

Jude respondeu para eles. "Minha esposa está grávida. Estamos deixando Jerusalém para ir a Jericó. Jerusalém não é lugar para uma criança para nascer."

O soldado começou a andar em torno dos camelos, e ao fazê-lo, Jude disse: "Depois que eu levar minha esposa para Jericó, fui condenada a ir para Alexandria para pegar suprimentos para Titus – óleo, milho e vinho para seus soldados."

O soldado ficou de lado depois. "Apresse-se de costas com um pouco de vinho para mim, vai, vai."

Jude e Mary decolou, levando os seus camelos em silêncio para o deserto para a estrada para o Mar Morto. Mary olhou para Jude quando eles estavam fora do alcance da voz da guarda Romana.

"Isso foi muito inteligente da sua parte, Jude," disse ela."Hilal será muito orgulhoso de você. Mas estou feliz que eles não pensam para verificar a minha barriga."

"Eu também," disse ele.

JERUSALÉM, PORTAO SUL

Thanoon fez a viagem de volta para o Portão do Sul em tempo recorde. Quando ele se aproximou, ele percebeu toda a atividade frenética dos soldados Romanos correndo para o deserto, e ele decidiu assistir, montado em El Deloua. Não foi uma medida acertada, ele admitiria em retrospecto.

Enquanto observava os Romanos na frente, mais tropas de Centurions preparou-se para perseguir Hilal. Thanoon estava muito relaxado e ficava perguntando a si mesmo qual direção Hilal tinha tomado.

Ele estava tão imerso em seus próprios pensamentos que não notou outra tropa de Romanos se aproximando por trás, liderado por um capitão Romano.

Como Thanoon observava, o pelotão na frente decolou em direção às montanhas. Já o sabichão, Thanoon desatou a rir, batendo a perna em alegria: "Oh, El Deloua, só os Romanos levaria para o deserto com tão pouca água."

Pensou-se tão engraçado que ele gargalhou alto e não notou Capitão Otávio e sua tropa Romana atrás dele, ou seja, até que ouviu o raspar de uma espada sendo retirada da bainha e agredido em um escudo.

Otávio não achou graça. Ele quis saber: "Qual é a graça?"

Thanoon foi tomado totalmente de surpresa; ele não esperava que alguém se preocupar com ele. Mas ele respondeu com sinceridade: Mas ele respondeu com sinceridade: "Eu estava observando a pelotão partir para o deserto no sol do meio-dia, e eu achei engraçado que eles não carregam a água."

O capitão Romano não acho que isso engraçado. Ele se virou para os soldados sob seu comando e ordenou: "Prendam-no!"

Assim que percebeu a situação que ele estava, Thanoon chutou El Deloua nos flancos, com toda a sua força, esperando que ela ia saltar para a frente. O capitão Romano foi rápido demais para ele, cortando com sua pesada espada na Thanoon.

Felizmente, ele errou e em vez cortado aberto um corte na garupa de El Deloua como ela saltou para o lado. Thanoon não estava esperando o movimento para o lado em vez de para a frente. Ele perdeu o equilíbrio, caiu no chão, e antes que ele pudesse se levanta para defender a si mesmo, cinco soldados Romanos estavam em cima dele.

El Deloua estava assustada. Ela inesperadamente destituído de seu mestre e foi mancando muito. Ela ainda teve seu juízo sobre ela, porque ela continuou a correr para fora do alcance dos Romanos; ela iria correr como o inimigo se aproximava, depois é só ficar parado, olhando.

Os cinco soldados Romanos no topo da Thanoon foram demais para ele, e ele mal podia respirar e muito menos empurrá-los fora. Os soldados se levantou devagar, pendurado em seu prêmio como se fosse ouro. Cuidadosamente, amarraram seus pés, em seguida, suas mãos. Só quando ele foi imobilizado eles relaxar seu controle um pouco.

Thanoon foi forçado ao chão novamente, sentado debruçado sobre como seus captores Romanos examinou-o. Um sentimento de total desamparo inundada e ele estava sentado olhando para os Romanos, sabendo que eles poderiam cortar a cabeça dele com a mesma facilidade como liberá-lo.

Octavius assistiu o processo, em silêncio. Após que Thanoon foi amarrado bem, ele ordenou a seus homens: "Vá de captura que camelo;. Deve valer alguma coisa"

Quatro Romanos saiu em direção a El Deloua, mãos estendidas como se a oferecer-lhe um deleite. Assim que chegou perto, ela fugiu. Ela retirou-se a uma boa distância, em seguida, virou-se para assistir a seus antagonistas. Quando eles se aproximaram de novo, ela saiu correndo, só para virar e vê-los novamente. Frustrado, desta vez eles cobrado dela, espadas desenhado. Ela facilmente ultrapassou-os, em seguida, virou-se para assistir.

O capitão Romano estava ficando constrangido com o desempenho de sua tropa, sua linguagem corporal evidenciando seu agravamento. Em desespero, ele acenou de volta ao acampamento.

"Vocês, homens, não pode até mesmo capturar um camelo indefesos," ele gritou, virando-se e saindo um pouco de distância. Os soldados voltaram para seus companheiros, encolhendo os ombros, como se dissesse: 'camelo estúpido.'

"Vamos acampar aqui, trazer o prisioneiro de novo." O capitão ordenou que a partir de onde ele tinha andado.

Os guardas Romanos trouxeram Thanoon para Otávio e colocá-lo para baixo. O capitão olhou Thanoon e disse: "Então, você acha que os soldados Romanos são engraçados?"

Thanoon sabiamente optou por não responder. Ele observou e esperou. Um dos soldados perguntou: "Capitão, o que vamos fazer com o prisioneiro? Você quer deixá-lo ir?"

Octavius tinha pensado sobre isso. "Não, eu tenho uma solução melhor. Quinto Legion vai levar um destacamento de prisioneiros cristãos para o Anfiteatro em Caesarea para os jogos. Vamos mandá-lo de lá."

CAPITULO 21
PRESOS PELOS ROMANOS

JERUSALÉM, NA MANHA SEGUINTE

Os dias seguintes o assalto final dos Romanos no Templo eram tão horrível como aqueles antes. O que restou do templo foi incendiado, e qualquer um que eles encontraram foi abatido. Mulheres e crianças haviam se escondido em várias câmaras, e estes, também, foram incendiados. Sede de sangue dos Romanos era insaciável, e os incêndios duraram horas. O templo foi queimada até o chão, como a profecia de Jesus – nem uma pedra deixada sobre outra – foi cumprido.

Uma vez que o templo foi nivelada, os Romanos varrida na Cidade Baixa para causar sua vingança e ódio por que essa parte de Jerusalém. O resultado deixou Jerusalém um terreno baldio. Todo mundo se desesperou.

General Titus ordenou que todos os ourives da cidade para ser crucificado como um castigo para o engano projetado por Hilal. Estas ordens caiu sobre os ombros de Octavius, o capitão Romano.

Ele sabia o quão desesperada dos sobreviventes de Jerusalém eram. Ele foi para o centro da cidade, ficou alto em um bem, e gritou uma proclamação ao povo.

"Eu preciso de dez homens para um dia de trabalho – três pães e três dinar para cada trabalhador."

Isso foi uma verdadeira fortuna em Jerusalém devastada, e imediatamente ele tinha dez voluntários

"Depois de ter enchido as suas barrigas, eu quero que você vá ao redor da cidade anunciando um novo programa para os trabalhadores de metal. Você vai gritar: 'O exército Romano tem trabalho para ourives e ourives -. Três pães e três dinar por dia'. Diga-lhes para vir para o nosso centro de comando."

O Plano de Octavius funcionou bem, e quase antes que ele voltou ao seu posto de comando, uma linha de trabalhadores de metal estava se formando. Depois de uma hora, ele tinha seus quarenta e quatro trabalhadores, pessoas famintas, à procura de sua parte dos salários e dos alimentos oferecidos. A recepção não foi exatamente o que eles esperavam. Eles foram levados para fora de uma área onde não podia ser visto, amarrado, e, em seguida, questionou. Depois de todas as dificuldades dessas pessoas já sofreram, foram torturados sem piedade.

A única questão real que os Romanos queriam respondeu foi que foi responsável pela organização do plano de esconder o ouro e outras riquezas do Templo. O primeiro escravo amarrado a uma árvore foi perguntado: "Quem você empregada no templo?"

Uma pergunta muito simples, mas o escravo se recusou a responder. O Romano encarregado era um valentão sanguinário chamado Brutus. Ele pediu ao escravo outra vez, "Você tem certeza que você não vai responder a minha pergunta?"

O escravo apenas balançou a cabeça afirmativamente. Brutus estava esperando por esse resultado; ele queria uma desculpa para intimidar e assustar o resto dos ourives. Ele chamou um cúmplice, ficou na frente de este escravo, e rosnou: "Estar bem escravo, como você não estão dispostos a falar, você não vai precisar de sua língua mais, não é?"

"Eu vou te dizer! Foi o Rabino Hilal. Juro que era ele."

Brutus reconheceu a resposta com calma, em seguida, virou-se para seu cúmplice e gritou: "Soldado, retire a sua língua!"

Um soldado agarrou o rosto do pobre homem e forçou a boca aberta, enquanto um segundo ferreiro puxou sua língua à força para fora. O soldado segurando seu rosto cortou o apêndice.

Quarenta e três ourives iniciado simultaneamente orando, alguns si molhar com medo, mas tudo o que eles perceberam um fato irrefutável – este era seu último dia na terra.

SEGREDOS DO MANUSCRITOS DO MAR MORTO

Afinal, eles tinham confirmado que o Rabino Hilal foi o líder do engano, eles foram levados para ser crucificado. Sua missão concluída, Otávio voltou para o centro de comando General de Titus de informar Flavius.

"Capitão, eu acredito que você teve algum sucesso em sua missão?" perguntou o ajudante Flavius.

Otávio se orgulhosamente em atenção. "Sim, senhor. Um ourives revelou que havia um conselho secreto de Rabinos encarregados de proteger os tesouros do templo. O líder era um Rabino chamado Hilal."

Flavius estava muito contente. "Estou nomeando-lhe ao pessoal General Titus," como minha assistente pessoal, capitão." E acrescentou: "Você descobriu mais alguma coisa a partir dos ferreiros de ouro e prata?

O capitão Romano sorriu com orgulho em seu novo compromisso. Ele respondeu: "Só que este ourives pensei que os tesouros ainda estavam em Jerusalém."

O CAMINHO PARA CAESAREA DE JERUSALEM

Um destacamento de tropas dos soldados de Octavius 'levou Thanoon até um dos pontos de partida para a Quinta Legião levando prisioneiros para Caesarea. Thanoon só tinha desprezo por esses pagãos. Sua reação inicial foi se rebelar a qualquer chance que ele teve, mas depois de ver a crueldade desumana com que os prisioneiros foram tratados, ele decidiu engolir o orgulho e agir mais recatadamente.

Ele não quer atrair a atenção dos guardas com os chicotes dolorosos. Qualquer um pensa ser muito fraco para fazer a viagem foi imediatamente executado. Thanoon compreendeu a realidade da situação; resistência era inútil no momento. Ele teria que esperar pelo momento certo. Soldados Romanos arredondado para cima o resto dos que ainda capaz de andar, levando-os para os ferreiros, onde eles estavam a ser acorrentado para a longa caminhada a Caesarea.

Guardas prisionais Romanos eram alguns dos mais depravados, monstros sedentos de sangue em todo o exército Romano. Foi por isso que havia sido designado para cuidar de prisioneiros. Acostumado a desumanidade, eles infligido punição com ódio e impunidade. Armado com 6 chicotes pé, eles patrulhavam cima e para baixo as linhas de prisioneiros, descamação da pele da parte de trás de uma vítima que não obedecer às ordens imediatamente.

Depois de um pequeno atraso, eles foram orientados a ficar pronto para marchar. Entre esta multidão, Thanoon estava relativamente forte. Ao longe, um camelo solitário observava. El Deloua tivesse seguido seu mestre. A rachadura do chicote sinalizou os prisioneiros para iniciar sua caminhada para Caesarea.

O guarda gritou: "Andar, de seus cães cristãos, andar!"

Naquele primeiro dia, muitos dos fracos caiu no chão, seus camaradas muito fraco para ajudar, e os guardas executado-los onde eles caíram. Thanoon pensei que, para muitos dos presos, era uma bênção; eles estavam sendo liberados de seus sofrimentos. Como os escravos eram espancados, chicoteados ou morreram, ao longe, El Deloua observava, seguindo os prisioneiros – seguindo seu mestre.

Um prisioneiro perto Thanoon tinha notado o camelo a segui-los, e viu Thanoon olhando para trás com freqüência no animal. Este prisioneiro não podia conter sua curiosidade por mais tempo. "Por que você continua olhando para trás? Você está assistindo que camelo?"

Thanoon estava muito orgulhoso de El Deloua negar-lhe a este novo amigo. Ele respondeu muito orgulhosamente: "Isso não é apenas um camelo. Esse é o meu El Deloua."

O prisioneiro judeu estava quieto; ele não sabia o que pensar sobre um prisioneiro beduíno que expressou essa devoção a um camelo. A-marcha forçada foi, de fato, tomando tanto de-los fisicamente que era um alívio não muito falar. Mais tarde naquela noite, depois de um longo dia, os prisioneiros foram orientados a parar e descansar, mas sem comida ou água foi poupado para eles.

O DESERTO DO SOUTH GATE

Hilal senti desconfortável e seu sono era irregular na melhor das hipóteses. Ele não havia se preparado para uma noite passada ao relento e ele estava muito preocupado para acender uma fogueira. O ar frio do deserto em uma mesa desabrigados sem boa cobertura significou uma noite muito agitada. Ele estava feliz por, finalmente, ver o sol nascer do Oriente.

Como ele se levantou, ele olhou em volta para ver se ele poderia encontrar qualquer gravetos, discutindo consigo mesmo sobre se ele deve iniciar um incêndio para preparar um pouco de cha. Ele se esticou e caminhou até a borda da Mesa, olhando para a montanha em direção a Jerusalém.

Ele levantou, as maos massageando sua parte inferior das costas. De repente, sua massagem foi interrompida. Ele parou, vendo embaixo dele um pelotão de soldados Romanos acampados. Eles haviam se mudado durante a noite.

Hilal correu em pânico para o outro lado de sua Mesa, onde um outro pelotão estava acampado. No outro lado encontrou mais Romanos.

Ele estava completamente cercada.

Ele voltou para seu acampamento, perto do primeiro avistamento dos Romanos. Ele olhou por cima de novo e viu atividade abaixo dele. Uma vigia avistou Hilal, e o Romano encarregado tinha sido notificado de que Hilal foi se movendo em torno do topo da Mesa.

O oficial Romano andava tão perto como ele poderia obter, formaram as mãos como se imitando um megafone e gritou-lhe: "Rabi Hilal, você está completamente cercada. Você quer que a gente chegar e levá-lo ou você vai descer?"

Hilal foi devastada, depois de uma longa pausa para olhar em volta, ele parou e pensou que sua situação através de. Ele decidiu que não tinha opções; ele só esperava que ele tinha dado Thanoon tempo suficiente para obter os pergaminhos e levai-los para a segurança.

"Eu vou descer."

Ele voltou ao seu acampamento, abatido, seus sonhos olhando duvidoso. Talvez ele nunca iria fazê-lo de volta para Wadi Zuballa para se juntar ao Conselho de Anciãos. Ele ajoelhou-se, ergueu os olhos e orou em voz alta. "Por favor, Deus, me dê forças para suportar e sabedoria para salvaguardar os nossos pergaminhos."

Com essa simples oração, Hilal começou sua caminhada até a colina para se render aos espera Romanos.

O CAMP DE GENERAL TITUS

Palavra se espalhou como rastilho de pólvora que Rabi Hilal tinha sido capturado, e os soldados Romanos se alinhavam na estrada como ele foi levado algemado para o acampamento General de Titus, no Monte das Oliveiras. Muitos jogaram esterco para ele, mas eles tinham que ter cuidado para não bater em um dos soldados.

Depois de uma caminhada tortuosa através do acampamento dos soldados, ele foi levado diretamente para Flavius no posto de comando. Ajudante Flavius estava sorrindo, quase lambendo os beiços na expectativa quanto Hilal se aproximou. Ele jogou a aba para trás em seu posto de comando tenda para revelar um tripé de oito pés suspensos perto de um pequeno incêndio.

Hilal tinha sido brutalmente maltratado. Até agora, ele estava imundo, lamacento e carregando todo que a multidão tinha jogado com ele. Ele foi, então, empurrou para o tripé e garantidos por seus pés.

Assim que os seus pés estavam vinculados, uma corda foi fixada ao topo do tripé, inserido numa polia, e ele foi levantado de cabeça para baixo, até que ele foi vertical. Imediatamente, dois dos guardas prisionais notórios entrou com seus chicotes calhar.

Foi uma sorte que todos estavam sob ordens de não matar ou mutilar permanentemente ele ou eles o teria oscilado sobre o pequeno fogo que ardia perto. Os dois guardas começou a se revezam golpeando suas costas com seus chicotes. Depois que ele tinha resistido a idéia Romana típica de amolecimento acima de um prisioneiro, Flavius re-entrou, olhou por cima do torso de Hilal e sorriu com prazer.

Ele não era um homem gentil em seu melhor dia. Em uma zombaria, escárnio forma ele perguntou Hilal: "Você vai me dizer onde está o ouro?"

Hilal poderia ter sido amaciado fisicamente, mas espiritualmente ele era tão dedicado como sempre. Cuspiu para Flavius, surpreendendo o oficial com sua força e vigor, "Voce e uma pagão arrogante, não é o seu ouro! Você não passa de um bando de corruptos, ladrões assassinos!"

Hilal viu que sua explosão teve o efeito desejado como Flavius fervia, descrente de que o prisioneiro seria tão tolo-resistentes como dizer isso a ele. Ele estava perto de perder o controle, mas refreou-se em apenas porque ele tinha ordens para não matar esse judeu até que ele teve a informação de que Titus queria.

Ele gritou com raiva: "Nossos espiões nos dizem que você era o líder dos Rabinos que roubou o ouro do templo!"

Hilal não respondeu. Flavius virou-se para um soldado e ordenou-lhe: "Guarda, vinte chicotadas. Não poupá-lo!"

Hilal contorcido de dor, cada golpe desferido e ele virou na direção de Flavius, quase acrescentando tonturas para seus problemas. Ele ainda não foi batido, e com os dentes cerrados, ele disse para Flávio: "Como é que uma pessoa roubar o que é nosso? Vocês são os ladrões. Você vai ter nenhum tesouro do Templo."

Flavius tinha uma veia masoquista; ele gostava de infligir dor a outras pessoas. Para ele, observando seu guardas chicote Hilal era quase mais prazer do que podia suportar. Ele esperava um pouco mais de resistência, por isso ele teve grande prazer em contar Hilal, "Nós já recuperamos o Menorah, a tabela de musaranho e muitas outras peças menores. Estamos apenas procurando os outros tesouros de ouro que você encontrar-se invisíveis."

Não foi Hilal, que foi uma surpresa. Ele riu dolorosamente em Flavius, enfurecendo ainda mais. Flavius pensei que esta era a alma mais arrogante que ele já conhecera. Ele estava indo para um grande prazer em causar Hilal a morte mais dolorosa possível.

No momento em que Flavius pensou sobre a morte dolorosa de Hilal, Hilal pensou em como ele iria apreciar a reação que ele viu quando ele disse Flaviussobre as relíquias falsificadas.

"Você não tem nada! Tudo que você tem são, duplicatas inúteis banhados a ouro que deixamos para vocês, palhaços!"

Cara Flavius 'caiu no chão, ele estava tão surpreso. Ele sussurrou de volta ao Hilal: "O que você quer dizer, duplicatas?"

Hilal estava em grande dor da surra, mas ainda conseguiu obter grande satisfação quando ele cuspir as palavras seguintes com volumes de veneno. "O tesouro que 'roubou' é inútil. Todas as falsificações. Você pode levar tudo de volta para o seu imperador pagão como um tributo ao seu fracasso espetacular para conquistar o povo escolhido de Deus."

A reação do Flavius 'foi ainda mais notável do que Hilal imaginado. Ele levantou-se como se o crescimento em estatura com sua raiva e se aproximou do tripé aonde o corpo de Hilal balançou. Ele estava com tanta raiva que parecia como se as palavras seguintes retumbou acima de suas entranhas. "Escravo, que conversa é blasfêmia! Você poderia morrer por isso!"

Hilal ainda era desafiador. "Morrer é o meu destino, outros vão assumir para mim. Você vai me seguir em breve, bárbaro."

Este foi mais do que Flavius poderia tomar; ele estava perto de perder o controle e rosnou suas próximas palavras. "Eu não sou um bárbaro, eu sou um centurião Romano."

Desta vez, ele fez perder o controle. Levantou-se, retirou a sua espada, então esitou. Ele sabia que se prejudicado Hilal, as conseqüências para ele seria fatal; ele estava sob ordens. Em vez disso, ele abriu a tampa da sua tenda para ir embora, dizendo-Hilal: "Vamos ver se você ainda está presente corajoso na parte da manhã, Christian."

Flavius virou-se para o guarda chicotadas Hilal. "Hora de ir embora." Ambos deixaram Hilal sozinho balançando de cabeça para baixo.

CAPITULO 22
A ESTRADA PARA CAESAREA

APOSENTOS PRIVADOS GENERAL DE TITUS

Flavius tinha esperado informar General Titus, até que arrefeça um pouco. Este Hilal estava provando ser um enigma; certamente não o Rabino covarde que ele esperava. Era hora embora; Flavius decidido. Ele caminhou até a tenda de Titus, respirando profundamente como ele foi. No momento em que ele entrou em aposentos privados General de Titus, que estava perto de estar sob controle.

General Titus acenou para Flavius quando ele entrou. "O progresso, Flavius, na recuperação do meu ouro?" ele perguntou casualmente.

"Eu estou trabalhando nele agora, eu acredito que, pela manhã, ele vai me dizer o que você quer saber. Ele teve a audácia de sugerir que os tesouros que você já recuperados eram falsas."

Se Flavius tinha sido um homem mais intuitivo, ele teria notado a reação do general Titus. De repente houve um silêncio total na tenda. Comportamento do general mudou, e seu rosto ficou atraído de volta apertada, como se estivesse tentando se controlar.

General Titus escolheu suas palavras com muito cuidado. "O que mais o Rabino disse?" disse ele com os dentes cerrados.

"Nada, General."

Flavius foi em posição de sentido, sorrindo com orgulho. Titus deu a volta por trás dele, furtivamente retirar sua espada. Flaviusouviu o som da espada raspando a bainha, uma vez que foi retirada. Estar na atenção, se virar e olhar para ver o que Titus estava fazendo seria insolente, ele sabia. Pela primeira vez em sua vida, ele orou.

Com um impulso violento, Titus empurrou a ponta para cima através do coração Flavius. Ele caiu no chão, ainda orando incoerentemente, morrendo.

Quando ele caiu, o general Titus murmurou baixinho: "Seu idiota, ninguém deve saber, ninguém."

CENTRO DE COMANDO DE FLAVIUS

Hilal ainda estava balançando de cabeça para baixo, o sangue escorrendo de suas feridas. O fogo estava agora uma memória distante, apenas assobios, ocasionalmente, quando uma gota de suor ou sangue de Hilal caiu sobre algumas brasas enterrados sob as cinzas da superfície.

Ele estava perto do fim, entrando e saindo da consciência e teve um tempo difícil diferenciar entre a realidade e a fantasia. Sua mente estava vagando por toda sua vida. Ele viu o misterioso estranho no templo dizendo-lhe que o seu destino estava chamando. Ele voltou para o começo de sua jornada e foi mais uma vez na casa de seu pai recolhendo peles para levar ao mercado.

Ele ouviu um som rasgando fraco, mas não entendi; ele não estava rasgando suas peles. Ele abriu os olhos para ver uma fenda que está sendo aberto na parede do lado de fora do centro de comando.

Ele fechou os olhos, pensando que ele deve estar sonhando, mas que foi o sonho? Ele estava balançando de cabeça para baixo ou ele estava na casa de seu pai?

Ele ouviu o barulho estranho de novo e olhou para ver uma faca aparecer; foi o corte de uma abertura vertical no lado da tenda. Ele fechou os olhos. Ele estava abraçando suas peles com força enquanto caminhava para o mercado, em seguida, o agressor da aldeia, Jude apareceu, rindo e zombando dele, encorajando as crianças da aldeia para roubar as peles de sua posse. Ele nunca esqueceria aquela voz – a voz de crueldade infantil.

Em seguida, uma cabeça apareceu; e ele ouviu a voz; ele reconheceu-o novamente. "Oh, meu Deus," ele disse para si mesmo: "Eu não posso deixar isso valentão roubar minhas peles! Todo o meu futuro depende disso. Não! Não!"

Mas ele não poderia escapar; os braços amarrados atrás das costas. A voz – a voz – era suave agora, uma mão acariciando sua testa como a voz falou carinhosamente com ele, "Hilal, meu amigo ... Hilal, é seu amigo, Jude Eu vim para salvá-lo."

Hilal ainda resistiu e lutou contra as cordas como Jude tentou reanimá-lo com amor. "Hilal, é Jude você está sonhando;. Abra seus olhos."

Como se estivesse sendo puxado para trás das próprias portas da morte, Hilal forçados a abrir os olhos. Ele viu Jude – mas não a valentão da infância, era o mais velho, mais sabido Jude, ainda com um olho inchado, mas Jude com compaixão. Foi seu novo amigo, o Jude ele perdoou.

Jude tentou abraçar o amigo, que gemeu de dor. Sentindo-se culpado de alguma forma para a situação de Hilal, Jude disse: "Eu sinto muito, Hilal, desculpe por tudo que eu fiz para você."

Hilal ainda estava gemendo em agonia. Jude colocou as mãos sob as costas, ainda chicote-cru, de Hilal para levantá-lo como cautelosamente possível. Apesar de garantir Hilal com uma mão, Jude estendeu a mão para os nós que prendem os tornozelos de Hilal. Meticulosamente lentamente, ele desfez-los e colocá-Hilal para baixo.

Só então Hilal abrir os olhos, ainda lutando para diferenciar entre a realidade e os seus sonhos. Lentamente, o mundo entrou em foco, e Hilal viu Jude então ele olhou em volta e reconheceu o posto de comando no qual ele havia sido torturado.

Suas pupilas se estreitaram quando ele concentrou seu foco em Jude. Então tornou-se tão confuso novamente. Ele conseguiu a ranger fora, "Jude, o que você está fazendo aqui? Você quer as minhas peles?"

Jude sabia que Hilal estava perto da borda da vida e da morte, andando uma linha tênue entre a fantasia e a realidade. Ele precisava de chocar Hilal volta para o presente, e disse em voz muito assustada: "Eu matei o guarda, Hilal. Matei um homem."

Jude agiu como se em pânico, e sua confissão chocante provocou uma reação de Hilal, que sussurrou-lhe: "Você matou um homem?"

"Sim," respondeu Jude, acrescentando: "Havia um guarda na frente de sua barraca; temos que nos apressar."

Hilal foi se concentrando agora. Ele pediu a Jude: "Os pergaminhos?"

Jude sorriu orgulhosamente, ele nunca tinha sido tão feliz de ter alguém lhe fazer uma pergunta, porque ele provou Hilal estava de volta ao mundo dos vivos.

"Eles são seguros em Qumran com Maria. Agora, tenho que te tirar daqui."

Hilal fez uma recuperação milagrosa, entrando em ação. "Vá pegar o guarda que matou, traga seu corpo aqui."

Jude saiu correndo com os novos pedidos, deixando Hilal para procurar água. Lá fora, Jude encontrou o corpo do guarda Romana como ele havia deixado. Ele arrastou-a para a tenda, e com grande dificuldade, levantou o cadáver dentro.

Hilal assistiu Jude luta com o corpo, mas, em vez de ajudá-lo, ordenou Jude ," despi-lo de sua tanga, então tira-lo como eu. Vamos colocar fogo em sua cabeça para que ele estará irreconhecível na parte da manhã . Então eu vou marchar você sair daqui, vestido como um soldado."

Enquanto Jude começou a fazer como ele foi oferecido, Hilal, colocar mais lenha da pilha no fogo. Depois de soprar com força suficiente para obter as chamas que vão de novo, ele foi até a pilha de roupas Jude havia conseguido o Romano. Com muita dificuldade, Hilal vestido como um guarda e com alguns ajustes finais por Jude, ele estava pronto.

Hilal, o centurião Romano, levantou-se, ainda muito vacilante. Jude apoiou pelo cotovelo até que ele poderia ficar por conta própria.

Então Hilal olhou para Jude, que não precisava de ajuda para se parecer com um prisioneiro miserável. "Vamos."

Hilal levou Jude, o prisioneiro, fora do acampamento e depois de um minuto que eles vieram para o seu primeiro obstáculo. Aproximaram-se do ponto de verificação na escuridão, e um soldado Romano gritou: "Alto! Quem está aí?"

Hilal respondeu suavemente, "Centurion com um prisioneiro, por ordem do general Titus."

Até agora a guarda Romana podia ver Hilal e seu uniforme. "Passe."

SEGREDOS DO MANUSCRITOS DO MAR MORTO

ESTRADA ROMANA PARA CAESAREA, NO DIA SEGUINTE

À medida que o sol se levantou no horizonte leste, a dez milhas fora de Jerusalém, prisioneiros, sujo assim com lama, cair sobre a estrada Romana imaculado levando a Caesarea. Eles não tinha comida ou água por pelo menos um dia. Muitos não sobreviveram à noite ou foram incapazes de se levantar.

A estrada pura, feita de blocos simétricos de calcário estava em contraste com os famintos, sedentos, sujos prisioneiros de quase-morte. Thanoon olhou para o deserto atrás deles para ver El Deloua forrageamento dentro de 100 metros.

Ele gritou suavemente, na esperança de não levantar a ira dos guardas da prisão, "El Deloua!"

Ouvindo seu mestre, ela abruptamente levantou a cabeça, olhando diretamente para Thanoon.

Arriscando tudo, no topo de sua voz, ele gritou: "Hilal Hilal!" El Deloua deu um último olhar para Thanoon e trotou para oeste em direção ao Mar Morto.

ESTRADE ROMANA A CESAREIA 30 KILOMETRES DE JERUSALEM, NOITE

Embora os guardas Romanos realizou seus prisioneiros judeus em desprezo total, existem limites para sua crueldade. Se eles chegaram a Caesarea com apenas grilhões vazias, eles poderiam muito bem encontrar-se a participação nos jogos para substituir os seus prisioneiros assassinados.

O segundo dia foi ainda mais torturante do que a primeira e muitos prisioneiros na não foram capazes de ir na velocidade que os guardas Romanos desejado.

Mais de vinte guardas Romanos fizeram a viagem e mais agora estavam frustrados com o ritmo lento dos prisioneiros, escurecendo seu humor e aumentando a sua raiva e brutalidade de suas alas.

Finalmente, veio a ordem para os prisioneiros de parar e descansar. A maioria caiu onde pararam. Temendo mais mortes esgotariam a sério as fileiras dos concorrentes para os jogos, os guardas escolheu para acampar debaixo da interseção de um aqueduto que fornecia água fresca a Caesarea.

Thanoon ainda parecia ser o prisioneiro mais forte na turma da corrente, um ativo que era vantajoso para ele, mas também fez dele um alvo para os disfuncionais, guardas ciumentos.

Como ele foi considerado forte, um soldado apontou para ele e ordenou: "Você aí, subir até o aqueduto e trazer a água de volta para os prisioneiros. Acampamos aqui esta noite."

Thanoon saudou a chance de ser libertado de suas correntes e sentir a liberdade de circulação irrestrita. Com alegria em seu coração, ele subiu o pilar de pedra do aqueduto para a água. Uma vez livre no ponto mais alto em sua vizinhança, ele colocou a mão na testa para fazer a varredura do terreno ao seu redor. Sua principal preocupação era ver se El Deloua ainda estava seguindo. Ele examinou o horizonte, mas estava longe de ser visto.

Encheu como muitas peles que pôde, durante todo o tempo a verificação da área ao seu redor. Seu parceiro de viagem, El Deloua, tinha ido embora. Tem sido dito muitas vezes que "a esperança é eterna." Thanoon, nas horas mais sombrias de sua vida, de repente tinha esperança. Ele desceu do aqueduto com água para todos.

CAVERNAS DE QUMRAN, NO PROXIMA DIA

Maria nunca tinha experimentado tal solidão. Ela tentou se manter ocupado, organizando o que podia, limpeza e à espera de seus amigos. Finalmente, ela decidiu sair para a luz do sol para ver seus arredores.

Quando ela se aproximou da entrada, a luz de fora cresceu em intensidade a partir da meia-luz sombrio ao qual ela tinha crescido acostumados. Ela parou para soprar sua lâmpada de óleo. Houve um pequeno nicho na parede que Thanoon havia esvaziado que ela usava para guardar sua lâmpada. Como ela esticou para colocar a lâmpada para longe, um som incomum penetrou na caverna. Maria olhou para cima, tentando colocar o barulho. Ela não tinha certeza se a correr e se esconder ou sair da caverna. Ela decidiu correr para fora, e, como ela fez, ela quase correu de cabeça em Jude, que gritou com urgência para ela, "Maria, ajuda-me que eu tenho Hilal! Ele está inconsciente."

Maria foi muito aliviado ao ver um amigo para ouvir o que ele tinha dito. Ela gritou de volta com raiva, "Jude, eu queria que você não faria isso!"

Jude estava se virando para voltar e pegar Hilal com a ajuda de Maria. Ele olhou para ela, "O que eu fiz?"

"Você subiu em mim, canalha! Você poderia ter gritado que estava por vir."

Jude ignorou o comentário e os dois foram para a entrada. Desatou Hilal do camelo onde ele havia conseguido o peso morto do Rabino, como Maria correu para ajudar.

Ela olhou por cima do amigo ferido, pois levou-o rapidamente na caverna e colocou-o perto do fogo. Então, em choque total a sua condição, ela disse: "Meu Deus, Jude! O que aconteceu com ele?"

Hilal jazia no chão, com a face para baixo como Maria verificado costas cru. Ela correu para pegar toalhas e pomadas para cuidar de suas feridas. Jude sentou, descansando após sua escapada, e viu seu trabalho.

"Me desculpe se te assustei lá atrás," disse ele.

"Ele está bem. Que aconteceu com ele?"

"Os Romanos torturaram," disse ele, a evidência diante deles desmentindo a simplicidade dessa afirmação.

CAESAREA

Thanoon senti muito melhor depois de uma noite de descanso e água fresca. Ele estava tão faminto quanto poderia ser. O vento soprava a partir da costa, e ele podia sentir o cheiro da maresia. Ele sabia que isso significava que a viagem iria acabar em breve.

Os guardas começaram pela manhã, logo que a luz quebrou; eles queriam chegar aos seus quartéis. Thanoon e seus companheiros de prisão arrastou se em direção a Caesarea. Ele olhou em volta para os outros sobreviventes. Os escravos acorrentados tinha diminuído para menos de metade. Vazio perna e braço grilhões de drogas ao longo da estrada de pedra, arrastando ruidosamente e lembrando-os dos que tinham morrido durante a viagem.

Thanoon fingiu estar mais exausto do que ele realmente era. Os outros pobres coitados vinha sofrendo de desnutrição durante semanas como eles suportaram o cerco de Jerusalém. Alimentos foi uma mercadoria rara como os Romanos tentaram enfraquecê-los antes da batalha final, mas Thanoon tinha comido bem até o início desta jornada tortuosa.

A procissão caminhou até a inclinação final e como eles chegaram ao cume, eles podiam ver a jóia Romana no Mediterrâneo. Caesarea foi espalhada para fora debaixo deles nas margens de um mar azul calmo. Ao longe, as ondas com crista na frente de praias de areia dourada. Em frente à praia, estava o Amphitheater.

Thanoon olhou abaixo, mas tudo o que podia concentrar-se em duas enormes estátuas de mármore branco na beira da estrada Romana com grandes esculturas de duas cabeças afixados no topo.

Ele olhou para as estátuas e virou-se para um dos presos. "Quem são eles?" Ele perguntou como ele acenou para as estátuas.

"Herodes, o Grande, e Herodes Antipas, filho. Herodes, o Grande, construiu Caesarea."

"Que Deus amaldiçoe-los para o inferno!" Thanoon respondeu.

O prisioneiro assentiu, apontando para o mar, no Anfiteatro. "Isso é para onde estamos indo. A única questão é se vamos lutar Gladiadores, ser atacado por animais ou ficar mutilado nas corridas das bigas."

Thanoon estava totalmente chocado com o quão uma cultura que poderia construir coisas de tal beleza que viu abaixo dele também poderia ser os fornecedores de tal crueldade. Ele estava além de sua compreensão.

Tudo o que podia pensar em dizer foi: "Estes Romanos são certamente bárbaro. Eles pensam que somos incivilizado, porque nós não adoramos César!"

Thanoon olhou para seu companheiro de cadeia. "Eu, pelo menos, espero que se esquartejado na mesma escola. Ouço a escola de gladiadores nos alimenta bem, por isso vamos colocar uma boa luta."

CAPITULO 23
El DELOUA LIDERA

HILAL DE QUMRAN CAVE, MESMO DIA

Acordar na escuridão tranquila e de uma caverna é uma experiência assustadora. Para um habitante do deserto acostumado a acordar para um nascer do sol espetacular ou, se cedo o suficiente, para a retirada das estrelas da noite de volta na obscuridade, o nada preto-como-carvão de uma caverna completamente escura era inquietante. Jude tinha acabado de acordar para experimentar esta solidão, pela primeira vez.

Como ele estava acordando e alongamento, com o canto do olho, ele viu uma sombra estranha entrar em sua caverna. Ele saltou para trás assustado com esta intrusão como o grande aparição deu um grunhido ensurdecedor e caiu no chão. O barulho acordou Maria, bem como, e ela correu dentro "O que é isso agora?" ela gritou com voz assustada.

Jude ainda não tinha certeza. Ele estava rastejando para a frente para identificar a respiração pesada que ele podia ouvir. Ele chamou a Maria: "Obter o fogo e trazer uma lâmpada!"

À medida que a luz da lâmpada se aproximava, Maria exclamou: "É camelo de Thanoon, El Deloua!"

Ela rapidamente se ocupou com vista sobre o camelo, gravitando para os seus quartos traseiros, onde ela viu o e-encharcado de sangue areia ferida em seu flanco. Maria ajoelhou-se para olhar para o rosto de El Deloua, esfregando sua testa.

"Vá pegar um pouco de água para ela beber e me trazer um pouco de água e panos para limpá-la."

Jude saiu com pressa. "Isso é do camelo Thanoon. Ele deve estar em apuros;. Ele nunca deixaria El Deloua."

Maria começou a trabalhar no quarto traseiro ferido enquanto Jude tentou dar a água camelo. Depois que ela bebeu, como se reviveu, ela tentou levantar-se. Maria colocou uma mão suave para o pescoço incentivando-a a colocar ainda.

"Você tem que ficar parado, El Deloua. Você nos deu um susto. Mas onde está Thanoon?" Se você está aqui sozinho, Thanoon deve ter ter problemas.

"Jude," ela virou-se para sua contraparte humana, "isto é apenas uma ferida superficial Leve-a de volta aos estábulos. Tanto quanto eu posso dizer, ela é apenas desidratada,... Ela precisa de litros de água"

Para os próximos dois dias, a caverna de Qumran Hilal era mais como uma creche que qualquer outra coisa. El Deloua estava ganhando a sua força de volta e Maria haviam costurado o corte em seu flanco. Ela forragearam sobre os fornecimentos na área de resguardo, mas parecia ansioso, como se ela precisava estar de volta em seu caminho para encontrar seu mestre.

Hilal estava se recuperando, também. Espiritualmente, ele era bom; ele estava comendo e me sentindo mais forte, mas as feridas em suas costas levaria mais tempo para curar. A mistura de Mary tinha colocado em suas costas começou a aliviar a dor, uma vez que ajudou o tecido da cicatriz ficar macia.

Hilal também estava muito ansioso. Ele foi para cima e, contra a vontade de Maria, ele estava fazendo os preparativos para sair, embalagem alimentos.

"Eu não entendo por que você precisa arriscar-se melhor depois Thanoon," disse Jude em um tom interrogativo.

"Ele é meu tio, e só por isso, eu preciso ir e resgatá-lo. Mas, mais importante, ele também escondeu da primeira remessa de pergaminhos em uma caverna por aqui. Eu não sei onde eles estão, e se eu não resgatá-lo, eles podem nunca ser encontrado. Se eles não são encontradas todas as nossas lutas terá sido em vão."

Jude decidiu ajudar Hilal com seus preparativos. "Então, eu tenho que ir com você, Hilal. Devo mantê-lo seguro."

"Jude voce já fez muito, já que eu nunca esperava isso de você. Você tem mais do que compensado por todos os momentos difíceis que você me fez passar quando estávamos crescendo."

"Hilal, apesar de eu sempre ter vergonha da maneira como eu te tratei no Wadi Zuballa quando estávamos crescendo, o que eu estou fazendo agora não é para compensar a minha intimidação," disse Jude, pensativo.

"Você me disse que você tem perdoado mim, eu só espero que Deus faz, também.

"Estou fazendo isso porque, pela primeira vez na minha vida, eu tenho um propósito. Você me deu muito mais do que eu poderia ter sonhado quando eu vim para pedir o seu perdão. Você me deu uma razão para viver, uma razão para ter esperança."

Hilal ficou muito surpreso ao ouvir Jude explicar seus sentimentos dessa forma. "Nesse caso, vamos apertar os cinches ao redor de El Deloua e seu camelo, e podemos estar no nosso caminho, mas devo dizer-lhe que será uma missão muito perigosa."

Ambos estavam tranquilo, o conteúdo em seus próprios pensamentos como eles terminaram seu trabalho. Hilal foi aninhando El Deloua. Enquanto ele estava a seu lado, acariciando seu pescoço, ele sussurrou para ela suavemente, "Eu espero que você pode me ajudar a encontrar Thanoon. Jerusalém é um lugar grande. Em toda a confusão, que vai ser uma tarefa difícil."

Jude ouviu Hilal falar com o camelo, e ele acenou com a cabeça em solidariedade. Maria viu seus dois amigos. Ela pensou que eles tanto louco e tentou mais uma vez para dissuadi-los de tomar esta viagem.

"Hilal," ela disse, "você não é forte o suficiente para ir nessa missão de resgate;. Que você precisa de mais descanso"

Ele olhou para o seu querido amigo. "Maria, por quase 30 anos, meu tio tem cuidado de mim. Desta vez, ele precisa de mim. Se eu não for agora, eu poderia ser tarde demais para ajudá-lo.

"Mais alguns dias de atraso pode ser mais tempo do que ele tem, e eu tenho que descobrir o que aconteceu com ele. Devemos estar de volta em uma semana. Deseje-nos boa sorte."

Maria deu-lhes uma onda e virou para ir embora, a emoção de tudo isso demais para ela.

ARREDORES DE JERUSALÉM, NO PROXIMO DIA

O passeio de Qumran a Jerusalém foi árduo. Foi apenas 25 milhas em linha recta, mas através do deserto, pode-se raramente viajam em linha recta. Obstáculos teve que ser montado ao redor, areia fofa que engolir um homem a seus flancos a cada passo tinha de ser evitado.

No Negev, o chão era freqüentemente abaixo do nível do mar, o que significava que as temperaturas extremas foram intensas. Deixando o vento fresco da área de montanha de Qumran, uma afundou na opressão e na quietude de um tipo de inferno. Tudo era uma miragem cintilante.

Jude teria se assustado com ele mesmo, mas com Hilal liderando o caminho, ele foi consolado.

Hilal e Jude se aproximou, nos arredores de Jerusalém. Não muito mudou nos poucos dias que tinham sido afastado. Incêndios ainda ardia e carcaças podres estavam por toda parte. Soldados Romanos, ainda sob as ordens diretas de César, estavam desmontando Jerusalém, rasgando pedra em pedra.

Hilal tentou orientar El Deloua em direção a Jerusalém para começar a sua busca por Thanoon. Por mais que ele tentasse, El Deloua resistiu ele. Ele girava El Deloua para a cidade, e ela não parava de insistir que ir por outro caminho, voltando-se para Caesarea.

Quanto mais Hilal cajoled-la em sua direção, mais ela continuou voltando-se para ir no outro. Frustrado, ele decidiu deixá-la ter o seu caminho sobre a chance de que ela sabia o que estava fazendo. Ele disse em voz alta para camelo de Thanoon: "Eu espero que você saiba o que está fazendo, Del. Temos de encontrar Thanoon em breve."

Como se entendesse cada palavra, El Deloua virou a grande pescoço para olhar para Hilal e deu um berro todo-poderoso. "Tudo bem, tudo bem, vamos seguir o seu caminho," disse ele.

Hilal e Jude continuou ao longo da estrada para Caesarea como legiões Romanas marcharam ao longo da estrada que vai nos dois sentidos. Ao cair da noite, Hilal tentou puxar El Deloua mais para acampar, mas ela não parava.

Tentando incentivá-la, ele se inclinou para falar em seu ouvido, "Del, você deve parar para descansar."

Ele tentou puxá-la para descansar, mas El Deloua apenas grunhiu e continuou. A lua apareceu, e ainda assim ela arrasta-se. Muitas horas depois, ela finalmente parou. Hilal e Jude foram desgastados pela longa viagem. No momento em que parou, era muito escuro para ver, então eles acabaram de lançar cinches dos seus camelos e acomodou-se para descansar.

O cheiro de carne em putrefação foi esmagadora, e Jude, alongamento e esfregando suas costas, disse Hilal, "Eu nunca soube andar de camelo poderia ser tão doloroso, e o cheiro aqui é terrível."

Sentaram-se, colocou um saco de dormir ao lado de seus camelos e tentou dormir para o curto espaço de tempo até o amanhecer.

CAPITULO 24
BUSCANDO THANOON

Hilal foi o primeiro a acordar. El Deloua já foi forrageamento por perto. Ele olhou para ela e percebi com espanto que ela não estava com pressa, esta manhã. Como ele esticou as costas, ele olhou para o seu entorno. Atrás de seu acampamento era um aqueduto. Ele disse para si mesmo: "Bem, que coisa, El Deloua. Você nos levar a um aqueduto no meio do deserto."

Hilal reuniu suas peles de água vazias, foi até as colunas de suporte do aqueduto e começou a subir. Enquanto ele chegou ao pointe mas alto, Jude caminhou se aproximou para vê-lo, mas ele estava muito ocupado enchendo suas peles para prestar muita atenção.

Quando ele terminou, Hilal assisti alguns abutres bicando carniça uma pequena distância da estrada. Curioso, ele desceu a coluna, deu as peles de água para Jude e disse-lhe: "Eu vou estar de volta em um momento."

Jude não pensei em nada. Era uma prática comum para as pessoas a buscar um pouco de privacidade a primeira coisa na manhã. Ele voltou para seu acampamento para iniciar um incêndio, e Hilal aproximou para ver o que os pássaros estavam comendo.

Ao se aproximar, os abutres se opuseram à sua presença, dançando em volta nervosamente, gritando como eles foram, mas ele viu que eles estavam banqueteando-se com restos humanos. Chocado com o site inesperado, ele tentou frear alguns vômitos secos quando percebeu que todos os corpos tiveram suas mãos e pés decepados ordenadamente. Não é capaz de encontrar uma razão lógica por que isso seria, ele balançou a cabeça de forma interrogatório e voltou para dar água a El Deloua.

Quando terminaram de rega seus camelos, uma família veio, viajando sob burros parou bem perto de Hilal. O homem que conduz os recém-chegados era mais velho e não muito saudável. Ele parou perto de Hilal e Jude. Os viajantes encontram-se na estrada nestes tempos eram muito cuidado, pois a violência, traição e roubo foram ocorrências comuns.

O velho aproximou-Hilal e lhe perguntou: "Você poderia poupar a água para mim e minha família?

Hilal estava alerta, desconfiado, mas ele queria ajudar. Ainda assim, dando sua água poderia ser uma sentença de morte para o seu grupo. "Não podemos poupar a água, mas eu vou ser feliz para tirar suas peles de água até o aqueduto e enchê-los para você."

O velho homem, surpreso com a sua generosidade respondeu: "Isso seria excelente. Enquanto você faz isso, vou preparar um chá em seu fogo."

Hilal coletadas peles do desconhecido e voltou para o aqueduto para preenchê-las. À medida que sua visão era panorâmica, ele levou um momento para olhar o horizonte para ver se algum perigo se aproximava. Não havia nada, então ele relaxou um pouco e desceu a coluna para desfrutar de um chá da manhã.

No retorno, o estranho e Jude estavam sentados em torno de uma pequena fogueira para preparar o chá. O estranho viu Hilal se aproximando. "Venha se juntar a nós. Isso é um belo camelo que você tem lá."

Hilal, com um humor melhor, agora que ele não conhecia o perigo se aproximava, disse: "Sim, ela pertence ao meu tio. Estou procurando por ele. Se isso não parece muito indelicado, do aqueduto, notei abutres alimentando-se de alguns mortos corpos mais por estrada. Todos os corpos tiveram suas mãos e pés perfeitamente cortados fora."

Hilal fez uma pausa, então, pediu. "Você sabe por quê?"

O humor do estranho mudou e, de repente, ele parecia desconfortável. Ele conferiu ao redor do acampamento, como se para verificar que ninguém podia ouvir o que ele estava prestes a dizer "Os Romanos," ele sussurrou em tom conspiratório.

Hilal não entendia. "Os Romanos? O que você quer dizer?"

O estranho foi claramente agitado. Ele fez uma pausa um pouco mais antes de responder nervosamente. "Quando os Romanos terminaram destruindo

Jerusalém, eles apanharam tantos sobreviventes quanto podiam e acorrentado-los todos juntos para forçar a marcha-los para o Coliseu em Caesarea para os jogos."

Hilal repetiu as palavras do homem, ainda não está claro o significado. "Para os jogos? O que isso tem a ver com esses corpos?"

O estranho deve ter pensado Hilal densa. Ele agora tentou ser muito específico. "Esses são os restos do doente que não podia manter-se."

O rosto de Hilal mostrou que ele ainda não entendeu. Então, o estranho, explicou: "Quando o doente caiu, em vez de tomar o tempo para libertar-los dos outros, os Romanos cortar-lhes as mãos e os pés com as suas espadas. 'Treinamento' chamaram-lhe."

Hilal não podia acreditar no que ouvia. A brutalidade desses invasores espantou. Balançando a cabeça em choque, ele disse: "Isso é terrível. Como pode um povo inteiro ser tão desumano, tão brutal? Ele é inacreditável."

"Se o seu tio está faltando, e ele era forte o suficiente para fazer a marcha, então a probabilidade é que ele estará em uma das escolas de formação no anfiteatro em Caesarea."

ESTRADE ROMANA A CESAREIA

Hilal e Jude não perdeu tempo depois de conhecer essa informação. Licitação seu novo conhecido bom dia, tiraram novamente para Caesarea.

Eles pediram suas montarias em tanto quanto podiam, sentindo a urgência da situação de Thanoon. A primeira indicação de que eles estavam chegando perto de Caesarea era o cheiro do mar frescos trazidos pelo vento. Foi-se o cheiro dos corpos em putrefação. No céu, não há abutres pode ser visto. Finalmente, no meio da tarde, quando chegaram ao topo de uma colina, viram-se para a cidade e do belo azul do Mediterrâneo brilhou na distância.

Caesarea era uma jóia escondida em uma enseada na costa com um clima semi-tropical, um muito procurado localização que muitos da elite política do dia escolhido para a sua residência.

Hilal e Jude se aproximou dos mesmos estátuas em mármore branco Thanoon tinha passado alguns dias antes. Mesmo a partir da periferia da cidade, o Anfiteatro ao longe era claramente visível.

Hilal estava pensando e expressou sua conclusão em voz alta, "Jude, eu estou começando a entender por que o meu tio Thanoon gosta El Deloua tanto. Ela é um camelo inteligente. Se não fosse por sua insistência, ainda estaríamos procurando para Thanoon em Jerusalém. acho que precisamos encontrar alguém para nos educar sobre este Amphitheater."

Jude achava que ele, finalmente, pode ser capaz de fazer uma contribuição. Ele disse para Hilal: "Eu não acho que você sabe, Hilal, mas antes de eu vir para buscar seu perdão em Jerusalém, eu passei muitos anos em Caesarea trabalhar para um velho Rabino na sinagoga perto do Coliseu.

"Foi ele, na verdade, que me ajudou a entender que eu precisava buscar seu perdão. Sua sinagoga está perto do Amphitheater. Podemos falar com ele, e ele tem um estábulo lá."

SINAGOGA EM CESAREIA

Jude levou Hilal pelas ruas de Caesarea à antiga sinagoga nas sombras do templo em Caesarea.

Depois das apresentações, Hilal, Jude e o Rabino local estava sentado em um banco no interior da sinagoga. Hilal foi superado com tristeza para seu tio e não perdeu tempo em chegar ao questão.

"Mestre, o que você pode me dizer sobre o Anfiteatro? Temo um amigo meu pode ter sido levada para lá."

O Rabino tinha acabado de ver o contingente de prisioneiros de quase-morte marcharam pelas ruas de Caesarea. "Ele fazia parte dos prisioneiros que acabaram de chegar de Jerusalém?" perguntou ele.

Hilal ainda estava ansioso porque ele só suspeitava que seu tio estava lá. "Eu acho que sim, Mestre, mas eu não sei ao certo. Como faço para descobrir?"

"Vai ser difícil ver o seu amigo. A Arena é composta de um piso de madeira coberto por areia que cobre uma estrutura subterrânea elaborado, e que a estrutura é constituída por um de dois níveis, a rede subterrânea de túneis e gaiolas sob a arena onde os gladiadores e os animais são mantidos."

Hilal estava cabisbaixo. "Parece que será impossível encontrá-lo."

O Rabino balançou a cabeça de um lado para o outro. "Não é necessariamente assim. A arena está ligado pelos túneis para um número de pontos fora do Coliseu.

"Os animais e artistas são trazidas através dos túneis de estábulos e quartéis próximos," disse ele. "A primeira coisa a fazer é descobrir para qual quartel ele foi levado. Cada quartel tem uma agenda atribuir quando vão para fora para treinar, e que vai ser a sua chance – sua única chance."

"Em breve, haverá uma celebração espetacular para comemorar a vitória em Jerusalém," disse o velho Rabino, pensativo, acrescentando ameaçadoramente: "Eles não são susceptíveis de sobreviver naquele dia."

CAPITULO 25
!ENCONTRAR O MEU OURO!

APOSENTADAS PRIVADOS DE TITUS

General Titus teve um problema que pode resultar na fim de sua carreira. Apesar de ter dizimado quase toda a resistência judaica visível em Jerusalém, ele não tinha nenhum dos tesouros do templo. Sem esses tesouros, o seu plano de se tornar o próximo César e retornar a Roma triunfalmente à frente de uma procissão para celebrar sua vitória viria um sonho não realizado.

Ele andava para cima e para baixo dentro de sua tenda sozinho. Sua equipe sabia seus humores e deixou-o sozinho, com medo de entrar em seu domínio por qualquer razão. Ansiedade escrito em todo o seu rosto, ele flexionou suas mãos enquanto andava, pensando, irritado, murmurando para si mesmo: "Se eu encontrar os cristãos sorrateiras que me enganou, eu, pessoalmente, vai trazê-los de membro a membro."

Ele continuou andando até que uma idéia veio à mente e uma expressão de alívio tomou conta de seu rosto. "Eu tenho que encontrar o meu ouro," ele disse em voz alta para a sala vazia "Deve ser em Jerusalém, alguém deve saber onde ela está.."

Ele caminhou até a entrada da barraca e puxou a aba para gritar, "Octavius! Obter aqui AGORA eu preciso de você na minha tenda."

Poucos minutos depois, um Octavius muito agitado acelerou na tenda de Titus. Ele ficou em posição de sentido e bateu sua espada contra seu escudo para anunciar sua presença, então aguardava o prazer de seu comandante. Quando Titus reconheceu sua presença, disse ele, "General, senhor."

Titus estava procurando por qualquer ângulo que podem fornecer uma resposta para o seu dilema. "Octavius, você encontrou os vizinhos do Rabino Hilal que pode nos dizer sobre o tesouro?"

"Um vizinho não podemos encontrar, mas outro diz que tinha um tio Hilal beduíno que visitou muitas vezes. Ele acha que viu o mesmo tio que está sendo feita pelo Quinto Legion para os jogos em Caesarea. Se ele sobreviveu a viagem, ele está lá , Senhor."

"Os jogos começam amanhã com a cerimônia de abertura, não e?"

"Sim, senhor, é a celebração local da nossa vitória militar sobre os judeus."

Titus optou por ignorar o último comentário. Ele estava feliz que acabou, mas não era o tipo de campanha que fez um general orgulhoso, pensou.

Sentou-se, ponderando a sua situação, em seguida, olhou para o seu capitão; a decisão foi tomada. Ele sentiu que precisava ter certeza Octavius entendeu a gravidade da situação.

General Titus, sibilando como uma cobra venenosa, disse ameaçadoramente, "Capitão, se você valoriza a sua vida, você vai fazer exatamente o que eu digo. Obter mais o dez soldados maid forte em sua legião. Então você está indo a marchar, em tempo duplo, para o quartel de treinamento em Caesarea. Você deve estar lá a tempo para a cerimônia de abertura.

"Você vai encontrar esse homem e trazê-lo de volta para mim, ileso," disse Titus, a centímetros do Octavius agora, enfatizando a última palavra. "É melhor você rezar para que ele sobreviveu a viagem."

Titus esperou por esta ameaça afundar em seguida, ele acrescentou. "Eu me fiz claro, capitão?"

Otávio não era um homem ignorante; ele entendeu exatamente o que seu general significava. Se este homem estava morto, ele estaria também.

"Sim, senhor," ele respondeu de volta bruscamente.

General Titus pediu uma última pergunta: "Qual é o nome desse escravo, Otávio?"

"Eu acredito que é Thanoon, General."

Titus achou prudente adicionar algum incentivo para um resultado positivo. "Capitão, meus espiões me informar que o Templo realizou muito mais ouro do que descobrimos. Há rumores de que havia um segundo sequer Menorah.

"Espalhar a palavra entre os nossos soldados," disse Titus, esgueirando-se por trás de Octavius agora. "O soldado que me traz aqueles que escondeu o nosso ouro ou sabe quem fez terá as mãos cheias de ouro, tanto quanto ele pode carregar."

Otávio olhos 'inchou com a ganância e emoção. "Sim, General. Às suas ordens."

Ele deixou os bairros General de Titus em pânico total se aproximou de seu posto de comando e começou a decidir quem deve escolher e como eles poderiam chegar a Caesarea na hora. Ele convocou seus oficiais no caminho para o posto de comando do ajudante; não havia tempo a perder.

CAPITULO 26
ORGULHOSA DEMAIS

COM VISTA DO CAMPO DE TREINAMENTO PARA OS GLADIADORES

Hilal reduzida a duas possibilidades dos mirantes que ele precisava para assistir a partir para ver se ele poderia encontrar onde Thanoon estava treinando. Felizmente para ele, todas as áreas de formação estavam perto da arena, um no lado oeste e outro no sul.

Ao amanhecer, ele estava em posição de ver o campo de treinamento. Ele esperou pacientemente e depois de uma hora na posição sul, mudou-se para o lado oeste.

Como não havia nenhuma atividade lá, ele decidiu voltar ao seu posto de vigia de origem. Por volta do meio-dia, sua paciência foi recompensada, como sua atenção foi desviada para o campo em frente ao quartel. Um grande gladiador, Colossus, saiu de um túnel que conduz um bando de estagiários equipado com espadas de madeira e escudos de madeira.

Eles eram um bando de desajustados magro, sujo, com medo e despenteado com barbas desgrenhadas. Eles eram as pessoas mais improvável que você poderia imaginar para competir contra gladiadores – todos, exceto um, que não se prostrar diante de formadores, mas ficou alto e orgulhoso.

Hilal soube imediatamente que era o seu tio, forte, desafiadora, tio Thanoon. Os formadores de gladiadores, equipados com espadas de metal, escudos e capacetes eram um grupo bem alimentado de profissionais, próprios e assassinos musculosos.

Um estagiário chamou a atenção de Colossus. Ele caminhou até o homem, puxou a pobre alma por seu cabelo, e atirou-o ao chão. Colossus gritou para todos ouvirem: "Eu vi este cão cristão, de joelhos, rezando para seu Deus esta manhã. Eu quero que todos vocês vencê-lo ..."

Ele foi cortado no meio da frase por Thanoon, que gritou ainda mais alto: "Eu não sou um cristão. Eu sou um beduíno que se orgulha de acreditar no Deus Todo-Poderoso que não é deste mundo!" Ele acrescentou em uma voz ainda mais alto: "Nem um macaco qualquer em Roma!"

Colossus foi uma besta enorme, peluda e musculoso. Ele deve ter tido a força de dois gladiadores regulares. Depois de ouvir a blasfêmia do Thanoon, ele endireitou-se para ao tamanho de três homens e estendeu ainda mais alto na sua ira quando ele se moveu em direção ao pobre cão, o beduíno ofensivo. Ele investiu contra Thanoon, o lançamento de um pontapé que bateu ele no intestino e fez voar pelo ar.

Hilal ficou mortificada quando ouviu discurso de seu tio – orgulhoso, rebelde e estúpido. Ele disse para si mesmo: "Ah, tio, calar a boca, ou eles vão matá-lo."

Colossus não foi feito. Ele estava sobre a Thanoon, que ainda estava tentando recuperar o fôlego. "Você se atreve a chamar o nosso César um macaco?"

Thanoon ouvido Colossus, e embora ele não era capaz de se mover, ele começou a subir. Ele virou a cabeça para olhar para o gigante de um homem e sorriu com insolência. Colossus vi aquele olhar arrogante no rosto do escravo e isso foi o suficiente para lançá-lo em uma outra ataque.

Então Thanoon cuspiu: "E um verdadeiramente feio ele é, também! Nem mesmo um macaco gostaria de ser relacionado a esse pagão."

Colossus nunca tinha sido tão irritado ou provocado antes; ele perdeu totalmente o controle como a imagem de Thanoon foi queimada em seu subconsciente. Ele nunca iria esquecer esse escravo. Ele levantou sua espada, ampliou o arco ainda mais com a qual ele iria atacar, em seguida, virou-se em direção a superfície plana Thanoon e lançou toda essa energia e ódio em um movimento.

A força do golpe foi tão grande que novamente lançou Thanoon no ar antes de cair de volta para o chão em abençoada inconsciência. Hilal assistiu com horror, orando por seu tio, na esperança de que ele iria ficar nesse estado inconsciente e manter a boca fechada.

Colossus teve que fazer força se puxar os olhos de Thanoon como os gladiadores sob seu comando assistia com admiração, com medo de que ele poderia voltar sua ira sobre eles em seguida. Apontando para Thanoon, ele ordenou a seus homens: "Eu quero ele como um presente para os leões,.. Não matá-lo Chame-me quando ele recobra a consciência"

Hilal foi superado com medo e amor por seu tio; ele enxugou algumas lágrimas de seus olhos enquanto ele olhava para o homem inconsciente. Como não havia nada que ele pudesse fazer, ele correu de volta para a sinagoga tentando pensar no lado bom que ele tinha pelo menos encontrado Thanoon.

Enquanto caminhava de volta, ele estava dividido entre seu amor por seu tio e desejo de salvar um membro da família amada e seu destino divino. Se ele falhou e foi morto resgatar Thanoon, aquele estranho misterioso do templo seria muito chateado mesmo. Que confusão, ele pensou. Thanoon tinha escondido mais da metade dos pergaminhos em algum lugar em Qumran, e ele não seria capaz de encontrá-los sem Thanoon mostrando-lhe o caminho.

SINAGOGA DE CAESAREA

Caesarea foi projetado por Herodes com eficiência típica Romana e, conseqüentemente, não havia nenhum dos becos restritos de Jerusalém. Em vez disso, as ruas foram eficientes e em linha reta. Em pouco tempo, Hilal estava de volta à sinagoga, onde o Rabino e Jude foram juntos recitando orações. Olharam-se como Hilal entrou, ainda hiper e cheios de tristeza por seu tio.

Ele imediatamente lançado para o que ele tinha encontrado. "Eles vão dar Thanoon aos leões! O que podemos fazer?"

Jude foi o primeiro a responder, como se não compreender o que significava Hilal. "Os leões?"

SEGREDOS DO MANUSCRITOS DO MAR MORTO

O Rabino estava mais calmo do que Jude ou Hilal. Ele explicou: "Os Romanos são mestres de carisma. Leões fazem parte da cerimônia de abertura. Quando os escravos desavisados são liberados na arena, a multidão vai à loucura com emoção e leões são então liberados para o entretenimento do público. É realmente muito bárbaro para ver os leões festa em escravos."

"Eu não posso deixar que isso aconteça!" Hilal gritou em pânico. "O que podemos fazer?"

O Rabino foi bastante mal-humorado; ele pensou que uma conclusão precipitada. "Não há nada que possamos fazer."

Jude tinha um semblante completamente diferente; ele estava muito animado, de repente. "Sim, existe ..." ele murmurou, pensativa em um baixo sussurro confidencial.

Hilal e o Rabino foram totalmente surpreendidos por esta súbita mudança de Jude. Era como se ele tivesse tomado a seu cargo. Finalmente, Jude tinha encontrado uma área onde ele sabia mais do que Hilal, e ele poderia ajudar.

"Hilal, vá à arena amanhã com uma corda e engatar nossos camelos por perto para nossa fuga."

Isso era mais do que poderia ter sonhado Hilal – um raio de esperança. Mas ele estava curioso e queria saber mais detalhes. "O que você vai fazer?"

"Basta estar lá amanhã, e estar pronto."

Hilal ainda não estava convencido. "Jude, você é louco! Qual é o plano?"

Jude respondeu, levantando-se e reunindo suas poucas coisas, "Eu não tenho tempo para lhe dizer. Além de você nunca acreditaria em mim se eu fiz."

Jude saiu sem responder, para a surpresa total de Hilal e o Rabino.

CAPITULO 27
A ARENA

O ANFITEATRO ROMANO

Havia multidões e multidões de pessoas que pululam lado de fora do Anfiteatro na manhã seguinte. Palavra se espalhou que esta ia ser uma celebração espetacular e o nível de excitação no meio da multidão foi evidenciado pelo zumbido muito alto de conversa e risos, todo mundo esperando os portões sejam abertos, para que eles pudessem obter os melhores lugares.

Este foi um evento familiar, a maioria veio com seus filhos e todos vestidos com suas melhores roupas. Roupas coloridas e penteados extravagantes, como se tivessem se preparado para este passeio por uma semana ou mais.

O Porto de Caesarea foi até agora o maior do mundo com os navios de todo o território Romano chegando e trazendo o melhor que o mundo tinha a oferecer a partir de todos os pontos. Perfumes, as melhores sedas, os melhores vinhos, seja qual for o império tinha a oferecer pode ser comprado nos mercados de Caesarea.

Em antecipação da abertura das portas, a música começou. Multidões empurrado contra os portões de entrada, a emoção agora elétrica, orquestrada pela organização do festival que usaram a música e fanfarra para animar a multidão. Aplausos já podiam ser ouvidas pela elite política que já tinha entrado no estádio.

Depois que todos haviam entrado, era hora. Dentro da arena, palhaços foram correndo por aí, seduzindo o público ao riso por suas palhaçadas engraçadas. Mas agora eles foram embora, a música diminui lentamente em volume. Como o nível de música na arena foi para baixo, o nível de expectativa subiu. A atmosfera estava carregada e tensa.

SEGREDOS DO MANUSCRITOS DO MAR MORTO

Todo mundo sentou-se e o silêncio súbito era contagiante. No total silêncio, todos se sentaram hipnotizado, esperando o próximo ato. Na arena, uma porta reforçada abriu ruidosamente, e a multidão se esforçou para ver o que estava acontecendo. Três escravos foram empurrados para fora da arena. Eles estavam confusos, sem saber o que esperar.

Eles levantaram os braços para suas testas, esforçando-se para ver à luz súbita brilhante. Eles olharam em volta para a multidão, mistificado, não vendo gladiadores. Na confusão, eles andaram sem rumo sem saber o que estava acontecendo.

Do outro lado da arena dos escravos confusas, Hilal estava sentado no nível mais baixo, perto de uma saída, Jude, 180 graus oposta. Eles estavam procurando a multidão um para o outro. Quando seus olhos se encontraram e balançou a cabeça em reconhecimento um do outro, ambos orando por boa sorte. Hilal também estava rezando para que Jude sabia exatamente o que estava fazendo.

Dentro da arena, os escravos ainda estavam olhando em volta e tropeçando sem rumo sobre a arena como a música começou novamente e a multidão começou a aplaudir.

A música e bateria atingiu um crescendo. De repente, a multidão e a música ficou em silêncio, e as correntes ruidosas podia ser ouvido, batendo juntos, o som sinistro. Um som estridente alto seguido, o som da madeira torturado sendo puxado contra a sua vontade. Lentamente, três portas para as câmaras subterrâneas abriu no chão da arena. Ninguém podia ver o que estava passando de baixo; estava muito escuro. A multidão permaneceu em silêncio na expectativa; os escravos ficou confuso, olhando para as portas.

Fora da escuridão, o contorno de algo apareceu e começou a tomar forma. Grandes, cabeças cabeludas espiou do buraco negro e em ambos os lados da face dois brilhantes, olhos dourados de cor parecem brilhar.

As pessoas na multidão estavam sentados na borda de seus assentos, olhando para ver, lutando para reconhecer os animais. De repente, um leão cobrado a partir de sua porta, parou e esperou que seus olhos se acostumassem com a luz ofuscante. A multidão ficou chocado com a entrada de bronze de um leão macho gigante. Sentaram-se para trás em pânico, como se estivesse tentando fugir do perigo. No chão da arena os três escravos também viu o leão aparecer.

Depois de tanto tempo sem perigo aparente, os escravos tinham começado a pensar – esperar – que eles possam sobreviver a este dia, que seus temores tinha sido um grande mal-entendido. Então, o primeiro leão apareceu, e sua esperança desapareceu.

Dois escravos parou, chocada demais para se mover. Thanoon foi o terceiro escravo. Ele caiu de joelhos, cabeça baixa e as mãos levantadas juntos, orando. A multidão de repente começou uma nova rodada de aplausos; outro leão tinha saltado para fora da sua porta e parou, depois um terceiro.

A multidão ficou muito quieto, então, quase com piedade para os escravos. Os homens olharam ao redor, espalhando compreensão sobre os seus rostos, então o medo e, finalmente, a certeza do que ia acontecer.

Os leões se moveu em direção as suas vítimas. Eles agiram voraz, lambendo os beiços; eles tinham sido propositadamente mantido sem comida por uma semana. De um lado das barracas lotadas, uma figura solitária saltou para a arena, carregando dois sacos grandes. A atenção do público se virou. Ele tinha agarrado a tensão, e eles irromperam em aplausos novamente, pensando que isso era parte do show. Ele correu em direção aos leões e, com um esforço enorme, jogou seus dois sacos no centro das bestas.

Os leões estavam confusos. Eles parou e olhou ao seu redor. Um leão fugiu dos ratos, outro perseguiram, e o terceiro simplesmente parou. Os ratos também estavam com medo, fugindo para salvar suas vidas. Ratos de esgoto gigantes libertados do cativeiro correu para fora dos sacos em todas as direções, centenas deles.

A figura solitária não parou. Ele foi direto para Thanoon agarrou seu braço e gritou-lhe: "Corra! Corra como se sua vida dependesse disso!"

Thanoon começou a se mover, ainda em estado de choque. Quando ele começou a correr, a partir da multidão veio um grito de raiva gigante como Colossus percebeu isso não fazia parte do show. Ele levantou-se, empurrou espectadores para o chão, e correu para a parede da arena. Ele saltou para dentro da arena, correndo, gritando com Thanoon.

Thanoon olhou para Colossus correndo em sua direção, puxando a espada da bainha. Ele começou a correr, mas Colossus foi muito mais rápido. Ele chegou até o Thanoon, e, com o punho todo-poderoso, ele bateu o escravo enfraquecido no chão. Colossus ficou na frente de Thanoon e levantou sua espada para decapitá-lo.

Atrás de Colossus, um leão recuperado o juízo e rugiu com fome e raiva. Ele olhou para a confusão no ringue, em seguida, seus olhos fixaram-se no maior refeição, Colossus. O leão cobrado apenas como Colossus tinha sua espada levantada até à altura máxima. Colossus não vi a besta, nem ele percebe que a multidão havia se tornado silencioso, até que ouviu um barulho atrás dele.

Colossus viu Thanoon transformar, olhando para outra coisa ao invés de seu algoz. Ele se virou para olhar bem, a tempo de ver a boca do leão grande, de cabeça erguida, pois cano em direção a ele. O animal o derrubou no chão. Só então, os outros dois leões recuperou seu juízo e correu para se juntar ao massacre, rasgando Colossus em pedaços.

Jude virou-se para Thanoon. "Você não estava rezando por um milagre?" Sem esperar por uma resposta, ele gritou: "CORRE!"

Ambos correu o mais rápido que pôde em direção de Hilal que pendia de uma corda para o lado da parede da arena. Thanoon não precisava de ajuda; ele foi por cima com velocidade relâmpago. Hilal estendeu uma mão para Jude e arrastou-o.

A multidão gritou sua aprovação, ainda pensando que isso era parte do entretenimento. Os espectadores se separaram para abrir caminho para Thanoon e Jude enquanto corriam para a saída. A multidão ainda estava aplaudindo ruidosamente, apreciando a reviravolta inesperada.

Hilal assistiu sua retaguarda, pronto para qualquer desafio, mas não houve resistência, nenhum guarda. Foi tudo tão inesperado que ninguém suspeitava esta era uma verdadeira fuga. Como eles saíram da arena, El Deloua viu seu mestre correndo como o diabo em sua direção e anunciou sua aprovação grunhindo alto.

Hilal seguiu-os para fora, surpreendido com a facilidade com que eles conseguiram escapar.

Todos eles montaram em seus camelos e fugiu.

A ARENA, MOMENTOS DEPOIS

Octavius levou sua tropa de 10 soldados Romanos, dois lado a lado, estoicamente marchando em tempo duplo, em direção à arena. Eles haviam marchado durante doze horas seguidas e precisam urgentemente de um descanso, o peso de sua armadura e armas adição de pelo menos 25 kilos para sua carga.

Como eles chegaram, encontraram o senhor de escravos deixando a arena furioso. No fundo, sons de todos os tipos de aplausos e vaias vieram da arena.

O capitão Romano saudou o senhor de escravos e gritou em voz alta sobre o ruído: "Salve, César!"

O senhor de escravos respondeu igualando o seu volume, o "Ave, César!"

Otávio estava tendo um momento difícil regular a respiração dele, porque ele estava tão cansado. "Por ordem do general Titus," ele fez uma pausa para recuperar o fôlego, "Nós estamos olhando para um de seus escravos. Você tem o escravo, Thanoon, aqui?"

A resposta do senhor de escravos era para se embasbacar com Otávio, sem palavras.

Otávio repetiu suas ordens. "Traga-o aqui. Estamos a levá-lo ao general Titus em Jerusalém."

O senhor de escravos finalmente encontrou sua língua: "Bem, Capitão ..." ele começou. "Seu prisioneiro estava aqui esta manhã. Ele fez parte da cerimônia de abertura ... para alimentar os leões."

Ouvindo estas palavras, o capitão Romano da tropa olhou para o senhor de escravos com incredulidade, medo se espalhando em seu rosto.

"Ele escapou."

Otávio estava estupefato, mas secretamente aliviada. "Escapou, você diz? Como?"

"Você não acreditaria em mim se eu dissesse a você. Mas ele está fugindo. Ele pegou a estrada para Jerusalém, não há cinco minutos."

Otávio voltou-se para os seus homens, "Tropa, sobre virar! Em tempo duplo. Voltar para Jerusalem!"

Como ele já tinha virado para enfrentar o caminho de volta a Jerusalém, ele não foi capaz de ver os olhares assassinos que ele recebeu de seus homens. Se não fossem tão cansado, motim estava em seus olhos.

APOSENTOS DE TITUS, JERUSALÉM

Os escolhidos dez – O mais fortes corredores de Octavius – chegou no Monte das Oliveiras, no acampamento do General Titus no início da noite do dia seguinte, exausto. Só havia uma razão para o ritmo acelerado do retorno – para informar Titus da fuga de Thanoon. Octavius temia por sua vida – e muito menos a sua carreira – se houvesse qualquer atraso no revezamento desta informação.

Ao chegar de volta em Jerusalém, Octavius foi direto para quartetos privadas de General Titus. Seu líder não rodeios. "Quais são as notícias, capitão? Você tem meu escravo?"

Octavius respondeu com a coisa mais positiva que ele pudesse pensar em dizer: "Não, senhor, mas ele está vivo. Ele escapou do coliseu antes de chegarmos lá."

General Titus olhou para Otávio longo e difícil. Otávio estava ficando mais ansioso a cada segundo. "Qual é o seu nome, capitão?"

"Octavius, General."

"Você era o oitavo filho?"

"Oitavo filho, o General."

Titus tinha sido fazer conversa enquanto ele tomou sua decisão. "Eu estou precisando de um novo ajudante aqui na Judéia."

Octavius inclinou-se ligeiramente em direção de Titus, parecia que estava no respeito pelo seu comandante, mas era, de fato, uma ação reflexa, como se estivesse prestes a vomitar, tal era o seu nervosismo.

General Titus não percebeu, ele continuou seu processo de pensamento. "Nossas legiões Romanas tenham terminado o seu trabalho aqui. A rebelião está esmagada, vou voltar a Roma com nossos tesouros," disse ele. "Thanoon deve ser encontrada. Eu quero que você tome muitos homens para o deserto, tantos como você precisa, encontrá-lo, descobrir onde meu ouro está escondido.

"Quando você encontrar o meu ouro, você vai ser um homem rico e meu novo ajudante," disse Titus, sorrindo. "Como Ajudante de César Titus sentir, capitão?"

Octavius foi esmagada. "Muito bom, o general," disse modestamente.

"Encontre meu escravo, e você vai ser ajudante de César."

Octavius foi demitido. Ele precisava descansar, bem como deixar sua soldados descansar. Ele tinha que ter tempo para planejar a próxima fase da campanha Thanoon, como ele decidiu chamá-lo.

Na manhã seguinte, ele reuniu seus homens. Na noite anterior, antes que ele se aposentou, ele tinha enviado 100 homens para fora em Jerusalém para ver se alguém poderia aprender alguma informação sobre o paradeiro de Thanoon.

Octavius reuniu seus oficiais. "Quais são as notícias de nossa pesquisa, os homens? Não temos quaisquer ligações frescas?"

Todos os seus homens apertaram seu lado cabeças para o outro, os seus rostos refletindo sua frustração. "Ninguém vai falar com a gente, capitão."

Otávio ficou ligeiramente surpreso com isso, e lhes perguntou: "Por quê?"

"Todo mundo sabe que os ourives foram convidados para ajudar e quando eles ofereceram, eles foram enganados e crucificado, Senhor."

O capitão Romano refletia os sentimentos de todos os homens que passaram a busca noite. "Esse imbecil, Flávio, crucificado todos os nossos informantes. Nenhuma maravilha General Titus executou-o."

E acrescentou: "Vamos comemorar nesta noite, mas amanhã temos de começar de novo com renovado vigor ou-General pode vir depois de nós se falharmos."

SEGREDOS DO MANUSCRITOS DO MAR MORTO

Ele observou seus homens para ver se isso teve o efeito desejado. Ele fez, então ele continuou: "Amanhã, partimos para o deserto. Vamos procurar até que encontrá-lo."

Um de seus homens, disse: "Isso é um grande deserto lá fora. Como sabemos para onde olhar?"

Otávio passou a maior parte da noite passada pensando esta mesma pergunta. Ele respondeu: "Antes Hilal foi capturado, ele nos levou para o sul, obviamente, uma pista falsa. Ao oeste está o mar e demais povoada. Da CAESAREA, no norte, ele correu para a leste com seus cúmplices. Ao leste de irmos para as montanhas ao redor do Mar Morto. E aí que vamos começar a nossa pesquisa, as montanhas do Mar Morto."

CAPITULO 28
CERCADO

AS CAVERNAS NAS MONTANHAS DO MAR MORTO

A viagem de volta para Hilal, Thanoon e Jude de Caesarea foi árduo. Eles não se atreveu a pegar a estrada Romana para Jerusalém. Palavra de sua escapada, sem dúvida, tinha se espalhado. A condição de Thanoon também causaria alarme.

Apesar de ter conseguido correr para fora da arena em Caesarea, uma vez que a adrenalina dessa experiência passou, ele estava em um estado muito debilitado, mal capaz de andar sozinho. Tiraram através do deserto, mas depois de muitos quilômetros, Thanoon estava fraco demais para andar e o camelo que Jude estava andando foi coxo. Hilal não poderia diminuir o ritmo e ele não podia dar ao luxo de compartilhar um camelo com Jude. Com muita emoção, eles se separaram. Jude iria voltar para Wadi Zuballa e Hilal e Thanoon continuaria a Qumran.

Depois da partida de Jude, passeio do último dia abaixo do nível do mar. O mais quente, mais úmido trecho, Hilal já havia testemunhado. Foi uma sorte que Thanoon estava perto de inconsciência e amarrado a El Deloua. Eles continuaram durante a pior do dia. Como tarde quente estava prestes a se transformar em um anoitecer pegajoso, Hilal achava que ele cheirava os primeiros sinais de chegar perto do Mar Morto.

Lentamente sua rota parecia surgir das profundezas da planície úmida para as montanhas agora visíveis. Hilal encontrou o barranco que ele estava procurando e, depois de uma verificação rápida para ver se alguém os seguiu, ele viajou para dentro do leito do rio para seguir a trilha antiga para sua caverna. Ele estava cansado, viajar cansado e empoeirado.

Thanoon, em seu esquecimento e amarrado a sua El Deloua, estava doente demais para montar. Quando se aproximaram da entrada escondida espinheiro, Hilal sentou alto, feliz por estar perto de casa. Ele desmontou e levou El Deloua e seu camelo na caverna.

Até agora, Maria tinha ouvido a sua abordagem e saiu correndo de seu esconderijo exclamando: "Quem é esse?

"É Thanoon, ele está em má forma."

Hilal e Maria carregaram Thanoon dentro da caverna para a área onde Maria estava dormindo. Ela ajudou Hilal deitá-lo suavemente, e com uma grande ternura que Hilal não tinha notado antes, ela começou a limpar suas feridas. Thanoon sentiu o concurso, acariciando toque e abriu os olhos de prazer, olhou para Maria e lhe apertou a mão. Ele sorriu antes de deriva voltar a dormir. Maria gostou da sua reação, como se alguma ligação especial tinha sido afirmado entre eles. Ela sorriu um profundo sorriso carinhoso, um olhar que só uma mulher apaixonada poderia dar.

Um pouco mais tarde, Maria saiu para ver Hilal. "Acho que ele vai ficar bem," disse ela. "Mas parece que ele tem duas costelas quebradas. Eu fixa-los, assim como eu posso. Será uma longa recuperação. Que aconteceu com ele?"

"Você sabe Thanoon, ele pegou uma briga com um monstro de três vezes o seu tamanho."

O rosto de Hilal contorcido com a lembrança dolorosa de que o conflito com a Colossus. Ele continuou: "Mas nós o pegamos de volta, e esse monstro está morto." Então Hilal acrescentou, como se fosse o pensamento mais distante em sua mente: "O que os pergaminhos? Será que você levá-los para fora de Jerusalém com segurança? Eles estão aqui ... seguro?"

Balançando a cabeça em direção a uma área de armazenamento, Maria confirmou para ele, "Eles estão todos lá."

CAMPO DO GENERAL TITUS

Ao amanhecer, Otávio estava diante de 100 legiões Romanas montado no vestido cheio de batalha. Muitos generais militares ao longo da história têm sido conhecidos por serem maníacos ego. Para entender, só tem que estar no comando de uma reunião de 10 mil prontos para a batalha, guerreiros endurecidos, dispostos a marchar para a frente a suas mortes se ordenou. Otávio se viu em tal situação, como ele se dirigiu suas tropas.

"Soldados, hoje, marchamos para César, hoje, nós terminamos a nossa missão na Judéia. Hoje à noite, nós acampamento nas montanhas do Mar Morto. Então, vamos encontrar o último dos traidores cristãos e descobrir o que precisamos saber... Então, podemos voltar a Roma ... Por agora, março, tempo duplo! hoje à noite, nós bebemos vinho e descansar no Mar Morto."

CAVERNA DE QUMRAN DE HILAL

Um humor sinistro pairava sobre os três amigos como eles acordou na caverna de Hilal. Eles estavam tensos, o sentimento de desgraça iminente prevalente. Thanoon e Hilal sentaram-se juntos em torno de um fogo na caverna.

Hilal não conseguia sacudir a sensação de que eles estavam enfrentando uma calamidade iminente.

Ele olhou para seu tio e disse: "Estamos em perigo. Tive uma visão na noite passada. Os Romanos estão chegando."

Thanoon ainda estava se movendo lentamente, se recuperando de sua batida nas mãos de Colossus. "Você quer dizer que eles estão vindo para as cavernas. Mas como? Eles não sabem nada sobre este lugar."

Hilal foi insistente. "Eu não sei como eles sabem, mas eu tenho certeza que eles estão chegando. Nós não podemos deixá-los aqui, temos de fazer alguma coisa." Então, como se verificando quanto ajuda Thanoon seria, ele perguntou: "Como você está se sentindo, tio?"

"Maria tem um toque mágico. Estou me sentindo muito melhor já. Outro dia ou dois, e eu deveria estar de volta ao normal."

Hilal estava estranhamente triste esta manhã. "Outro dia pode ser tudo o que temos."

Maria se juntou a eles. "Hilal," disse ela olhando severamente para ele ," Thanoon não está pronto para qualquer mais de seus esquemas malucos. Ele precisa de tempo para se recuperar."

Hilal piscou para Thanoon, que estava radiante como um fogo brilhante. Ele tentou responder de volta alegremente para eles. "Meus esquemas malucos, né?"

Então ele viu que eles não estavam prestando muita atenção a ele, apenas de mãos dadas e olhando um para o outro. Sentia-se como o homem impar para fora, então ele disse: "Vou deixar vocês dois pássaros do amor, então."

Mais tarde naquela noite, Thanoon e Hilal saíram para subir ao ponto mais alto das montanhas. Eles fizeram o seu caminho com cautela em uma noite sem lua. Ao se aproximarem do topo, havia um brilho ameaçador de luz vindo das fogueiras abaixo. Eles olharam para o chão do vale juntos e viu a luz de centenas de fogueiras do acampamento Romano. Eles poderiam imaginar abaixo deles hordas de soldados bebendo vinho, celebrando ruidosamente.

Hilal pediu Thanoon em um sussurro: "Quantos carros você conta?"

"Deve haver, pelo menos, 200. Cada carruagem tem dois homens e dois cavalos."

Hilal acenou com a cabeça em concordância. "Todo o exército Romano na Judéia deve estar lá em baixo. Acho que já vi o suficiente, estamos em sérios apuros."

Eles se estabeleceram de volta da beira do pico. "Deve haver 5.000 soldados no vale," disse Hilal. "Eu não tenho certeza se podemos escapar desta."

Thanoon tinha visto algo que atingiu o pico seu interesse. "Eu acho que eu vi que o capitão Romano, Otávio, abaixo. Ele é o verme que me prendeu, me mandaram para o coliseu." Ele acrescentou com veemência: "Eu rezo para o seu Deus e em tudo que eu seguro santo que eu posso pessoalmente cortar a cabeça de seu corpo."

Hilal olhou para seu tio em entendimento. "Nosso Deus," afirmou. "Nós precisamos voltar a Maria."

Quando Hilal e Thanoon retornou, Maria teve de preparação do café. Ela poderia dizer por seus rostos preocupados de que eles não trouxe boas notícias.

Thanoon foi para Maria e apertou sua mão. Ele a olhou nos olhos e disse-lhe: "Os Romanos estão aqui, acampados no vale. Isso não parece bom." Ele tocou seu rosto quando ela olhou para baixo, derrotados e com medo. "Eu não vou deixá-los chegar até você, Maria."

Maria sorriu para Thanoon em total confiança e carinho.

Hilal tentou alegrar a todos, dizendo: "Vamos ver o que o amanhã traz. Ao amanhecer, temos de estar de volta ao cume para tentar trazer à tona o plano dele.

CAPITULO 29
PEQUENOS MILAGRES E DESESPERO

O MAR MORTO MONTANHAS, NA MANHA SEGUINTE

Na manhã seguinte não trouxe boas notícias. Antes mesmo saiu da caverna para subir ao seu mirante, podiam ouvir o alarde vindo do acampamento Romano. A comoção de um exército despertar – vozes gritando ordens, cavalos relinchando em rebelião ao seu tratamento dura como eles estavam sendo aproveitadas para carros.

Quando começaram a subir, eles cheirava a carvão de fogueiras, e uma sensação de mau agouro acompanhou os dois amigos em seu caminho até o cume. Uma vez lá, eles se arrastou em suas barrigas para espreitar para baixo no campo abaixo enquanto os Romanos se preparavam. Incêndios estavam sendo extintas como escravos ajudou soldados vestir para a batalha. Cavalos foram feitas pronto.

Hilal contou carros e, por sua conta, eles estavam certos. 200 ficaram prontos em duas colunas, cada coluna de dois, lado a lado. A emoção dos cavalos era evidente pelo seu comportamento brincalhão. Pelo menos 5.000 soldados estavam prontos com seus pelotões.

Ameaçadoramente, o acampamento Romano ficou em silêncio e todas as cabeças se voltaram para o seu comandante.

Otávio estava vestido em todo seu esplendor, a gálea bronze, capacete de um soldado Romano, sobre a sua cabeça com uma máscara decorada com um peixe como um tipo de crista. Ele montou um garanhão preto, trotando majestosamente, puxando sua cabeça contra as rédeas da esquerda para a direita. Na emoção, ele ergueu orgulhosamente os joelhos frente a altura do peito. Todos os olhos o viu empinar para a frente.

O Capitão freou seu cavalo, transformou-o para enfrentar o exército montado, e sentou-se, deixando a tensão aumentar. Parecia para cada soldado que o comandante olhou individualmente no olho.

Quando Otávio julgado o momento de ser oportuno, ele se levantou nos estribos, a capa vermelha amarrada por uma corrente de ouro em volta do pescoço balançando ao vento. Ele levantou a espada e segurou-a na linha do seu umbigo até o nariz. Ele gritou no topo de sua voz, "SALVE CÉSAR!"

Os soldados montados em frente de Otávio gritou de volta para ele, socando o punho de suas espadas contra o seu peito armadura em um tom monótono estrondoso: "SALVE, CÉSAR!"

Lá em cima, no cume da montanha, Hilal e Thanoon sentiu a vibração de que rugido ensurdecedor. Ele balançou a própria cume no qual estavam. O som dos punhos de espada batendo na armadura levou em uma única batida, todos eles começaram a responder em tempo a uma outra. Aos poucos, o barulho de metal deu lugar a um bater de pés, batendo o gramado em perfeita harmonia.

A barragem ensurdecedor surpreendeu Hilal e Thanoon, a exibição de poderio militar intimidante. Finalmente, o clamor diminuiu, e Otávio, ainda de pé nos estribos, levantou as mãos para cima, como se um maestro orquestrando sua sinfonia.

Quando ele se sentou, ele baixou as mãos. Os soldados montados obedeceu, imperceptível num primeiro momento, como aquelas nas filas da frente lentamente parou de martelar contra seus escudos, em seguida, linha por linha o barulho diminuiu, os pés de estamparia cessou, até mesmo o pó lentamente começou a obedecer e voltar para a terra.

Uma vez que tudo estava calmo de novo, Octavius se nos estribos e gritou para sua montagem cheia de adrenalina, "Os homens que nos procuram ter roubado ouro do nosso General Titus. 'Não matá-los!' Qualquer pessoa que encontramos é para ser levado a me para interrogatório."

"Esses escravos deve ser encontrada," gritou. "Vamos formar uma linha ao norte da cordilheira, correndo de leste a oeste. No vale, vamos estação de nossos carros, 100 para o leste e 100 a oeste. Eles vão dar caça no caso de alguém tentar fugir."

Ele fez uma pausa antes de continuar. "Os soldados vão manter a sua linha de leste a oeste como nós vamos sobre cada centímetro dessas montanhas. Cada caverna e buraco escondido é para ser explorado," enfatizou. "O pelotão, que encontra os nossos ladrões será dado o ouro tanto quanto eles podem levar."

Ele parou para deixar que se afundam em seguida, voltou a subir ainda mais em seu cavalo, gritando no topo de seus pulmões. HOO ---- RAH!"

Os soldados ecoou de volta para ele igualmente alto, "HOOOORAH! HOOORAH!"

O terreno repercutiu novamente com os pés estamparia e espadas batendo escudos. Octavius conduziu seus soldados para silenciar novamente, baixando os braços. Ele falou agora em um tom mais baixo, os soldados quase quebrando formação para inclinar para a frente tentando ouvi-lo. "Eles estão aqui, vamos continuar procurando até encontrá-los mover para fora."

No cume acima, Thanoon e Hilal se virou e olhou para um o outro. Esta não foi uma boa notícia. Silenciosamente eles começaram a voltar para sua caverna. A tristeza em seus olhos falou para eles da finalidade da vinda invasão de soldados Romanos. Tão impressionante em seu poder, eles ficaram mudos.

Depois de rastejar para baixo da cúpula, eles esperaram para ficar até que pudessem fazê-lo sem ser visto. Levantaram-se, ainda sem fala, cheios de tristeza. Eles não precisavam de verbalizar os seus pensamentos; eles sabiam que estavam juntos até o fim.

Seu humor sombrio e sensação de morte iminente não diminuiu à medida que re-entrou no seu esconderijo. Maria estava lá para recebê-los e não esperava uma boa notícia. Sua intuição foi confirmada pelos olhares em seus rostos.

Os amigos reunidos em volta da fogueira para apreciar a bebida Maria havia preparado. Sem preâmbulos Hilal anunciou desafiadoramente: "Hoje nós vamos ficar aqui. Espero que eles não descobrem-nos na primeira passagem. Estes Romanos quer apenas o ouro, eles não sabem sobre os pergaminhos. Se sobreviver, hoje, eu me deixarei ser amanhã capturado e levá-los de volta a Jerusalém."

Thanoon não olhou para cima a partir de seu olhar firme para o fogo quando ele respondeu: "Eu não posso deixar você fazer isso, Hilal. Irei. Além disso, eles acham que você está morto. Você tem trabalho a fazer aqui."

Maria olhou para seus dois companheiros, como se tivessem perdido suas mentes. Totalmente rejeitando tanto de suas idéias, ela disse, "Thanoon você não pode fazer isso. Se você for, vamos todos juntos."

Os três amigos agora olhava de um para o outro, ninguém disposto a ver outro sacrificado aos Romanos. Thanoon foi o primeiro a quebrar o silêncio. "Não, eu é que devo ir."

Hilal viu que isso não estava indo para frente, então ele decidiu mudar pista. "Vou vigiar a frente da caverna, espero que o nosso espinheiro vai nos manter escondido."

A manhã passou com a crescente tensão dentro da caverna. A vista da entrada era muito restrita, e eles só podiam ouvir o barulho incomum de pequenas pedras sendo deslocada pelo passando os pés e as palavras ocasionais sendo faladas. Ficou claro que os soldados Romanos estavam se aproximando como a pesquisa avançou, ficando mais alto. Aproximaram-se do barranco que levou à entrada.

Hilal estava no fim de sua sagacidade, a tensão do desconhecido, insuportável. Ele não aguentou mais e furtivamente se arrastou até a entrada a olhar para fora do atrás do espinheiro. Ele viu soldados batendo arbustos próximos em direção a eles.

Parecia o fim, pensou, como ele assistiu em lágrimas sua abordagem. De repente, sua atenção foi desviada dos soldados e até a encosta da caverna onde os pesquisadores Romanos tinha assustado alguns animais selvagens. Ele viu como o rebanho de cabras da montanha em pânico correram até a montanha longe dos Romanos. A atenção dos soldados foi imediatamente desviada a partir da busca da possibilidade de cabra assado para o jantar.

SEGREDOS DO MANUSCRITOS DO MAR MORTO

O pequeno grupo de Romanos foi imediatamente jogado em pandemônio. Foi-se a formação alinhada, procurando por suas coordenadas. Os soldados famintos viu seu jantar fugindo até a montanha. Um soldado foi claramente mais interessado nas cabras do que suas ordens. "Tire suas lanças, homens! Isso é o jantar! Carne de cabra fresco."

Os soldados correram atrás das cabras e os bodes eram alpinistas muito mais ágeis e chegou a uma distância segura facilmente. Voltaram-se para assistir a seus perseguidores com irritante indiferença e curiosidade, como se a questionar a sua sanidade. Hilal mantido o relógio e viu os soldados freneticamente tentar fechar a lacuna.

Um soldado parou, preparou sua lança, e, com um impulso incrível, lançou-o no rebanho. A lança era a curva parabólica perfeita da morte, deslizando através do ar sem fazer barulho. As cabras ficou parado, olhando. Eles não podiam ver o pára-raios de sua morte, que vinha para eles.

Seu único erro foi ter agrupados todos juntos. A lança terminou sua subida para cima e começou a sua curva lenta volta à Terra. Os soldados observava com calma exagerada; tudo estava quieto, até que o rebanho de cabras, menos um, tirou em pânico novamente. Hilal ouviu os gritos de encorajamento enquanto corriam para ver se o lance foi bem

O pedágio emocional este estava assumindo um Hilal era quase insuportável. Embora o alívio que sentiu desde o aspecto quase divino dos cabras da montanha foi esmagadora, a desesperança de sua situação foi esmagador. Ele fez o seu caminho de volta para o interior da caverna. Thanoon e Maria viu-o passar, sentindo que ele precisava de um tempo para si mesmo.

Thanoon havia assumido o cargo de vigia na frente da caverna. Enquanto a escuridão desceu, ele voltou a encontrar Maria ocupada fazendo alguma comida. Thanoon se aproximou da entrada, como Hilal voltou de sua solidão auto-imposta. Ele disse a seu tio, "Thanoon, eu não posso deixar você fazer esse sacrifício."

Thanoon foi igualmente categórico: "Você deve."

Voltando-se para Maria, Thanoon implorou ela com os olhos. "Você tem que me prometer que você não vai fazer nada estúpido."

Hilal percebi, mais uma vez, que esta conversa estava indo a lugar nenhum, então ele disse com determinação: "Eu vou com você na parte da manhã para o nosso vigia. Nesse meio tempo, eu vou orar."

Ele deixou Thanoon e Maria amontoados, olhando para o fogo em uma postura de transe.

CAPITULO 30
A ASCENSAO DO MAR MORTE

Na manhã seguinte, Hilal saiu para a sala de estar para ver Maria e Thanoon já vestida e esperando por ele. Hilal sabia que seu tio queria ter certeza de que ele não passar despercebido para fazer algo precipitado. Os três deixaram a caverna na escuridão antes do amanhecer para retornar à sua procura.

A caminhada até o pico foi tranquila, cada um imerso em seus próprios pensamentos. Quando eles se aproximaram do topo, os fogos do acampamento Romano abaixo iluminado a sua posição. Os três amigos começaram a rastejar em suas barrigas, com medo de que eles iriam fazer uma silhueta para os Romanos assistindo.

Três pares de olhos olhou para o cume para o acampamento como o nascer do sol começou a iluminar a escarpa abaixo, dando-lhes uma visão mais clara. A cena foi quase idêntico ao do dia anterior. Os escravos estavam ocupados em fogueiras, fazendo algum tipo de fubá no café da manhã, enquanto as trabalhadores de estáveis preparou-se os cavalos.

Maria foi a primeira a pegar em um fenômeno incomum – o vento estava mudando de direção. Ela olhou para o sul para ver ameaçadoras nuvens negras se formando. Ela cutucou Thanoon. Ele olhou para ela e ela acenou com a cabeça para o sul. Ele seguiu os olhos para ver o horizonte escuro, assim como Hilal notado, também. Ele deu de ombros como se dissesse: e daí?

Como o vento ficou mais forte, os soldados para baixo no campo olhou para o sul. Palavra logo se espalhou, e mais soldados começaram a olhar para o sul. Enquanto observavam, um enorme diabo areia formado. A maioria das preparações no campo abaixo parou quando todos olharam para esta maravilha subindo. A maioria não sabia o que pensar, como a areia girando ficou cada vez mais forte, vindo em direção ao acampamento Romano. Eles ficaram imóveis, não tem conhecimento de qualquer perigo.

Os cavalos estavam assistindo e eles nervosamente começou a puxar contra seus cabrestos, relinchando de medo. As maos estáveis tentou confortá-los, acariciando o pescoço ou na testa. Pânico dos cavalos tornou-se mais difundida, e os Romanos perceberam que era agora uma ameaça que eles estavam assistindo.

Um oficial gritou: "Mantenha os cavalos ainda!"

O medo dos cavalos se espalhar para os homens que começaram uma conversa nervosa entre si. De repente, uma enorme luz encheu o céu e um único parafuso, relâmpago gigantesca desencadeou sua fúria para baixo no acampamento. Foi um golpe direto em um cavalo e seu treinador, e ambos evaporado em uma nuvem de vapor, poeira e fumaça, deixando para trás latente carcaças.

Por um período momentâneo de tempo, cada homem e cada animal, ficou imóvel, chocado com o que tinha acabado de ver. Outro raio solitário de relâmpago enviou sua carga de eletricidade diretamente no Mar Morto. O impacto desse relâmpago era tão forte que enviou um explosão em toda a planície do deserto.

Os cavalos empinou-se em total desespero e medo do desconhecido. Eles estavam tão assustados que seus músculos encharcado de adrenalina deu-lhes força suficiente para galopar para longe, arrastando os manipuladores com eles que eram infelizes o suficiente para não ter deixado ir. Soldados azar de estar no caminho dos cavalos stampeding tentou fugir para salvar suas vidas. Outros viram esses soldados correndo por suas vidas e começou a correr tão bem.

O acampamento Romano estava em pânico total. O Garanhão negro de Octavius estava além do controle. Ele ergueu-se, depôs o capitão sem a menor cerimônia e saiu fugindo apos os outros cavalos. Gritos de alarme e medo aumentou de todo o acampamento.

Como a névoa eliminado do sobre o mar, uma enorme parede de água começou a construir. A barragem de água era tão assustadoramente grande que chamou a atenção dos soldados em fuga que pararam em suas trilhas, agora totalmente maravilhado. Outra explosão maciça de ar foi desencadeada no acampamento, e muitos foram arrancadas de seus pés como fogueiras estavam espalhados, o envio de brasas vermelhas em qualquer coisa que possa queimar. Todas as barracas foram incendiadas.

Soldados agora começou a mostrar o pânico real; sem saber o perigo que enfrentam, eles corriam em todas as direções, alguns batendo-se sobre. Para adicionar o frenesi, um piercing, baleação, som estranho, agudo, de mal de proporções sobrenaturais começaram a envolver o acampamento. Soldados se entreolharam como se o próprio diabo estava perseguindo eles.

Hilal, Maria e Thanoon ficou vigiando. Nenhum vento ainda sussurrava seus cabelos. Eles, também, foram impressionado com o poder da devastação. Os olhos de Maria cresceu mais pelo momento que ela aconchegou mais perto de Thanoon. Ele colocou o braço protetoramente ao redor dela.

Soldados Romanos em pânico ainda estavam tentando fugir do terror do muro se aproximando de água saindo do mar Morto. Era tão grande que a crista pareceu desaparecer nas nuvens. Como o banco de água se aproximou do sul, um outro som ameaçador, como os guinchos do diabo, veio da direção em que os soldados estavam fugindo. Uma lágrima angustiante de proporções bíblicas parecia estar rasgando terra e rocha distante. Uma fenda enorme começou a se formar, cortando sua fuga.

Aqueles que pensavam que tiveram a sorte de estar na liderança do enxame pavor de soldados que deixam o acampamento fosse o mais próximo do arrebatamento da terra. Tão rapidamente quanto podiam, eles tentaram impedir seu avanço. Atrás deles, os seus camaradas estavam tentando recuperar o atraso e não podia ver a abertura gigante abismo pela frente. Como os corredores da frente tentou parar, a primeira rodada de retardatários correram para eles e empurrou-os para o chão ou correram com eles, correndo para o desfiladeiro de abertura inferno na frente deles.

O som da terra e rocha rasgando estava ficando ainda mais alto. Não foram só os soldados ainda fugindo da onda a partir do sul, mas o barranco estava rasgando-se mais terreno, ficando cada vez mais maior, e o dia estava se transformando em noite.

Fora da escuridão do lado do Mar Morto, a enorme parede de água carregada para a costa, a cada momento mais sinistro, subiu cada vez mais alto, até que parecia alcançar os próprios céus. À medida que a água atingiu a areia, parecia que o topo da torrente continuou se movendo mais rápido, enquanto a parte inferior estava a abrandar sobre a terra. Como o topo da onda não tinha apoio por baixo dele, a gravidade assumiu trazendo a torrente desabar num crescendo de destruição sobre o acampamento Romano.

Agora que a massa de água foi lutando por espaço no chão abaixo, varrendo tudo em seu caminho, até que chegou a fenda que havia cortado a retirada para o norte. A parede de água havia cortado retirada para o sul.

As almas aterrorizadas que tinham feito para o lado longe da água avançando e da garganta estavam cercados por figuras misteriosas como fantasma-aumento do solo ao redor da ravina. Eles gritaram sons macabros enquanto voavam para escolher um alvo entre os soldados estupefatos que permaneceram para o leste e oeste. As misteriosas criaturas desceu para pegar uma vítima aterrorizada com força sobrenatural, levantá-lo e voar para longe, enquanto a vítima implorou por misericórdia, pernas e braços chutando em terror abjeto.

Como os vampiros atingiu o barranco, o babando, vítima aterrorizada foi lançado no meio do vôo a cair no desfiladeiro fumegante. Os sobreviventes nas laterais ficaram aterrorizados, gritando de medo. As figuras fantasmagóricas liberados uma vítima, em seguida, voltou para voar para baixo e escolha uma outra alma pagã, pegando soldados e soltando-os nas águas turbulentas do inferno.

A água fez um impulso final a partir do sul, correndo e forçando toda a vida na frente dele em direção à fenda, o chão atrás dela varrida.

Os sons perfurante de hades diminuiu lentamente, como toda forma de vida no campo foi exterminada e parecia que os apetites vorazes dos fantasmas do centro da terra estavam saciados. Logo não havia vida abaixo com exceção de um homem, que estava sem a menor cerimônia atirado de seu garanhão preto.

SEGREDOS DO MANUSCRITOS DO MAR MORTO

Octavius, sozinho, vestido com seu uniforme, segurando o escudo e espada, correu em círculos, confuso e aterrorizado. Ele saiu correndo da fenda e do campo para as montanhas do Mar Morto.

CAPITULO 31
A CONEXAO EM LONDRES

BIBLIOTECA DO CLUBE 'BOODLES', LONDRES, 1950s

"Pelo amor de Deus George, você viu esta notícia de Jerusalém," perguntou Sebastian, um dos dois membros mais velhos do clube aristocrático de elite de Londres conhecida como Boodles.

Sentaram-se na grande biblioteca cheia de livros a ler o seu jornal da manhã, vestido com seu vestido de noite. Um funcionário igualmente formalmente vestido chegou com o serviço de chá, e eles pararam para desfrutar de um copo da bebida quente antes de continuar com a sua leitura silenciosa.

George levantou os olhos do jornal, pegou sua xícara de chá e se virou para o amigo. "O quê?"

"Aparentemente, alguns jovem pastor beduíno menino poderia ter desenterrado um dos achados bíblicos mais importantes de todos os tempos," Sebastian respondeu com entusiasmo em sua voz.

Sebastian começou a ler a história para o seu amigo,

"Em uma caverna longa intocada na região de Qumran, às margens do Mar Morto, um menino beduíno pastor buscava por uma cabra perdida levou à descoberta de onze cavernas rendimento de rolagem, e as evidências da antiga morada..."

George interrompeu abruptamente. "Deus do céu, cara. Você realmente não acredito que esse lixo, não é?"

Sebastian olhou para cima, franzindo a testa. "Por que você tem que ser tão negativo? Eu admito a um cético como você, pode parecer duvidoso, mas Qumran foi abandonado quase dois mil anos atrás, durante a época da incursão Romana de 68 A.D."

"Por que, em nome do Céu eles iriam esconder esses artefatos religiosos no meio do deserto?"

Sebastian fez uma pausa por um momento para aproveitar o último gole de chá em sua xícara antes de continuar. "Os judeus sabiam que os Romanos queriam destruir Jerusalém e queimar toda a memória de seu legado cultural e religiosa. De que outra forma eles poderiam obter os judeus para prestar homenagem a César? Sabemos que nada de valor histórico que foi deixado em Jerusalém foi destruída na guerra de 70 A.D."

George lutou contra o impulso de rir de seu amigo e respondeu: "Você é um romântico, Sebastian tal. Aposto que qualquer quantia de dinheiro esses artefatos são falsos."

"O diabo tem um aliado em um pagão como você, George! Você quer colocar o seu dinheiro onde está a boca?"

George aproveitou a oportunidade. "Absolutamente! Mas por que a confiança repente? Você está escondendo alguma coisa que lhe dará uma vantagem na aposta?"

Sebastian pousou o papel e olhou diretamente para George. "Acabo de ler que o motivo da tradução dos pergaminhos é lento para sair é porque esses idiotas fanáticos franceses na Escola Bíblica estão a cargo da escavação e os pergaminhos."

"E o que é a Escola Bíblica?"

"Meu amigo, você deve saber um pouco mais sobre o assunto antes de jogar seu dinheiro fora em apostas com mim," disse Sebastian. "Escola Bíblica é uma ferramenta da Igreja Católica Romana e do Vaticano, fundada em 1890 pela família francesa LaGrange. Sua intenção expressa é para esconder e destruir relíquias que vêm à superfície que possa prejudicar a Igreja Católica Romana."

"Eu não acredito que isso," respondeu George. "Além disso, você sabe que eu sou metade Francesa."

"Bem, eu estou indo para financiar uma escavação arqueologia em Qumran," disse Sebastian, de emoção em sua voz. "Alguém tem de manter o povo LaGrange honesto. Se os pergaminhos são legítimos, você paga metade do custo da expedição. Negócio?"

Sem hesitar, George respondeu: "De Accordo!"

CAPITULO 32
UM GOLPE DE SORTE

QUMRAN, 1952

Até agora, Sebastian teve um começo muito frustrante para sua expedição arqueológica. O quase monopólio de que a "Escola Bíblica" teve sobre a descoberta foi muito frustrante. Ele sentou-se na sua tenda, conversando com Zayed, um menino pastor que havia sido contratado e demitido pela Escola Bíblica. Ele era da mesma tribo de beduínos que viviam na vizinhança da caverna.

Sebastian precisava de uma pausa e ele estava disposto a falar com alguém que pudesse continuar a sua pontaria. "Por que a Escola Bíblica demiti-lo?"

"Eu descobri as cavernas, então eu queria estar envolvido e aprender mais sobre os pergaminhos," Zayed fez uma pausa, como se pensando amargamente sobre seu tratamento. "Eles me disseram que eu era um árabe ignorantes, e que eu deveria ser grato que eu não estou ainda tendo cabras de meu pai."

Sebastian era abertamente surpreso que alguém iria tratar o menino assim. "Muito arrogante, não acha?"

Afinal, se não fosse por esse rapaz, todo esse conto de mistério e intriga nunca teria começado, ele pensou. Apenas cinco anos antes, o pastor tinha tido a coragem de explorar a caverna que ele encontrou enquanto procurava sua cabra perdida em uma tempestade.

Com a guerra no fim e no Oriente Médio em um tumulto sobre a divisão da Palestina, o país estava maduro para o tratamento escandaloso de uma descoberta tão notável – vasos de barro, muitos quebrado, mas até oito intactas, contendo rolos de couro antiga envolto em linho.

"Basta pensar nisso," Sebastian murmurou mais para si mesmo do que Zayed como ele pensava sobre as coisas. "Um menino pastor solitário encontrado na caverna, voltou com seus amigos e abriu um dos frascos fechados, e um dos pergaminhos do Mar Morto viu a luz do dia pela primeira vez em cerca de 2.000 anos!

"É verdade," argumentou consigo mesmo. "As coisas não foram bem tratadas em tudo lá no início. Manuscritos foram tomadas, vendido para um Sheik, em seguida, para um lojista ... Tanta má gestão! Quem sabe o que foi perdido!"

Ele estava andando, murmurando para si mesmo, Zayed observando com espanto e desconfiança. "E o tesouro! Ninguém sabe, ninguém sabe! Até 65 toneladas de prata e 25 toneladas de ouro e relíquias inestimáveis ... Onde? Nós podemos nunca saber ..."

Sua mente estava trabalhando horas extras, pensando, talvez, esta foi a primeira oportunidade que ele ia chegar. "Mas a Escola Bíblica! Vigarista ..."

Isso fez com que a sua mente. Impulsivamente ele perguntou: "Você consideraria trabalhar para mim?"

Zayed, também, estava à procura de uma pausa, mas ele queria trabalhar para uma pessoa respeitável; ele não quer ser tratado como a maioria beduína teve desde a descoberta. Ele tentou verificar as credenciais de Sebastião da melhor maneira que sabia.

"O que você está fazendo aqui?" Perguntou Zayed.

Sebastian pensei que era hora de nivelar com esta criança inteligente, que parecia tão interessado na história deste lugar. "Durante cinco anos, a Escola Bíblica tem sido responsável dos pergaminhos," Sebastian começou a explicar sua frustração ," mas eles se recusam a deixar ninguém ver os originais ou ter acesso a suas traduções. Eles só liberam pergaminhos Biblicamente insignificantes."

Zayed ouviu com entusiasmo, pensando talvez que tinha encontrado alguém em quem pudesse confiar. Ele interrompeu: "Eu sei que é por isso que eles me demitiram! Quero aprender mais, conhecer mais."

Sebastian balançou a cabeça, entusiasmado com o acordo do seu convidado. Sebastian continuou, "eu quero obter cópias de todos os pergaminhos e, em seguida, liberá-los para um museu na Califórnia para estudo e publicação para o mundo."

Então Sebastian inclinou-se para Zayed e sussurrou confidencialmente: "Se as coisas derem certo, eu poderia te dar um visto para que você possa estudar com os estudiosos no Museu Huntington e saiba tudo sobre estes pergaminhos ... isto é, se você concorda que todas as traduções devem ser partilhados com o resto do mundo."

Zayed estava radiante. "Absolutamente! Sim, eu faço."

Sebastian estava encantado. "Quando você pode começar?"

"Imediatamente. E, como eu estou trabalhando para você, tenho duas surpresas para você que a Escola Bíblica não conhecem."

Sebastian se inclinou para frente, claramente interessado, ele estava tão animado que ele não sabia o que fazer."

"Meu primo é o fotógrafo para a Escola Bíblica, ele tem fotografias de cada rolagem recuperados. Ele lhes dará a mim quando ele fotografou todos os pergaminhos."

Sebastian estava em êxtase, mais do que poderia ter sonhado. "Ohhhh! Um milagre! E a outra surpresa?"

"Eu vou ter que te mostrar. Encontre-me aqui antes do amanhecer de amanhã de manhã."

CAPITULO 33
O ULTIMO PERGAMINHO

MAR MORTO MONTANHAS, NO PROXIMA DIA

Sebastian estava tão animado que ele não conseguia dormir. Ele estava de pé e vestido bem antes do amanhecer e foi até a área central da cozinha de sua expedição para fazer a sua xícara de chá de manhã. Zayed estava esperando por ele no acampamento.

Como Sebastian passeou para Zayed, vestido com seus brancos do deserto, Zayed, exclamou: "Temos que nos apressar, o Sr. Sebastian!"

Sebastian respondeu em seu tom mimado típico. "O quê? Não há tempo para o chá? Hummhh, Que Coisa."

Sebastian estava muito curioso para fazer qualquer ponto de sua manhã "xícara de chá," então ele correu atrás Zayed. Quando ele não pôde conter sua curiosidade por mais tempo, ele teve que perguntar: "Qual é a surpresa?"

"Eu encontrei uma caverna que eu não lhe disse nada para o francês. Há um soldado Romano lá, e colocou em seu uniforme é um livro que eu não toquei. Eu sabia que se os franceses tem, eles não iriam me dizer o que disse."

Sebastian estava vestido como se estivesse indo para uma festa de chá tropical, mas ele dobrou seu passo, facilmente combinando Zayed, exclamando: "Você sabe, Zayed, Deus trabalha de formas misteriosas. É quase como se Deus quisesse que nós trabalhássemos juntos, como se ele quer os pergaminhos de ser propriedade pública, e não escondido em algum cofre no Vaticano."

Sebastian e Zayed subiu uma velha trilha cabra montês, espremida entre algumas rochas e Zayed parou de repente, a entrada logo à frente. A luz da manhã do sol nascente brilhou através de uma abertura para iluminar a câmara. Sebastian ficou sem palavras; ele acenou com a cabeça e seguiu o rapaz.

Eles espremido em torno e sobre uma pedra para entrar em uma câmara, escuro e seco. Através de uma abertura na altura de cerca de 10 Horas, a luz começou a encher a câmara.

O esqueleto de um centurião Romano sem cabeça, estava sentado contra a parede oposta. Entre suas pernas, seu crânio descansado dentro de um capacete ornamentado com material de penas vermelho que atravessa a parte superior como um Mohawk e uma crista em sua guarda do rosto de um peixe. Seu cinturão ornamentado fantasia exibido fileiras de medalhas, ainda ligado ao peito esquelético.

Para seu lado estava um escudo, da altura de um homem, feito de madeira e coberto com couro. Deitada no escudo era uma vara baton-like e uma faca bruto.

Sebastian removidos suavemente o rolo de papiro e abriu-a. "Vamos sentar, Zayed. Vou traduzir isso para você. Ele é escrito em aramaico antigo."

A voz de Sebastian balançou com a emoção enquanto lia e traduzido para o menino:

"Este pergaminho foi escrito para mim pelo meu sobrinho e escriba, Hilal. O soldado que você vê aqui é um dos assassinos Romanos. Uma Centurion de Centurions, ele ordenou 100 oficiais que cada comandou 100 homens. Este capitão foi o único sobrevivente de um milagre, orquestrada por Deus que nos salvou, e escondeu a localização dos pergaminhos retirados do segundo Templo apenas dias antes que os Romanos saquearam Jerusalém."

"Dez mil Romanos estavam acampados no vale de Qumran, procurando por nós. Estávamos cercados sem escapatória possível. Só Deus pode nos ajudar agora."

"Como estávamos prestes a nos entregar, uma grande parede de água do Mar Morto, caminhou sobre a terra para o acampamento Romano e varreu tudo fora em um barranco. Eles foram todos perdidos, salvar este Romano, que foi poupado para que eu pudesse exigir a vingança para o qual eu havia orado."

"Hilal e eu atestar a este relato verdadeiro deste dia e os pergaminhos do segundo Templo."

"Meu sobrinho me diz que muitos, muitos anos no futuro um pastor beduíno menino vai desenterrar esses pergaminhos. Eu não sei como isso é possível, mas ele diz que o pequeno beduíno que encontra os pergaminhos será chamado Zayed Thanoon, um descendente direto da mina."

"Jurado para ser a verdade,

Thanoon, tio de Hilal."

Sebastian olhou para Zayed, que estava tremendo. Preocupado com o menino, ele perguntou: "O que é, Zayed? Qual é o problema?"

Era vários segundos antes de Zayed foi capaz de responder, falta de ar, "Meu nome," disse ele. "O meu nome."

"O quê?" Sebastian gritou, mais preocupado agora do que nunca.

Zayed conseguiu acalmar o suficiente para responder. "Meu nome é Muhammad Zayed Thanoon."

SOBRE O AUTOR

Nascido em 1951 na Inglaterra, educado no Reino Unido. Comecei a viajar como um jovem rapaz em busca de aventura. Aos 21 anos fugiu com um amigo para a África. Cruzou África norte a sul pelo Saara, às vezes a pé, como o nosso velho Land Rover não queria viajar tão longe como nós fizemos.

Eu tenho a minha inspiração para os Manuscritos do Mar Morto, enquanto estávamos escondidos em um posto avançado Legião Estrangeira Francesa abandonado, chamado Fort Mirabelle. Foi aqui, no meio do deserto na Argélia que ficamos até que tinha reparado o motor. Noites frias do deserto, assistindo beduínos fogueiras ao longe, sem saber quem era amigo ou inimigo, é um grande catalisador para uma imaginação ativa.

Oito Meses depois, tendo se esquivou de muitos conflitos e patrulhas com metralhadoras que rolou na África do Sul com destino à Austrália determinaram a nadar o coral da Grande Barreira de Corais. O destino tem um plano diferente para mim. Em Joanesburgo, eu conheci uma garota brasileira que professavam amor eterno para este jovem britânico.

Eu mudei o meu bilhete e voou para o Rio de Janeiro em busca de meu amor. Uma vez no Rio, ela estava longe de ser encontrada. Curto em fundos que eu fiquei, conseguiu um emprego com a General Motors, em São Paulo.

Oito anos depois e com dois filhos, eu tinha acumulado dinheiro suficiente para decolar novamente para o que eu pensei que o meu destino final. Desembarque em Oklahoma, no meio do boom do petróleo de 1980, montei minha casa, em Oklahoma City com minhas duas bênçãos de Deus.

Ganho o destino interveio; em uma viagem ao Texas que eu conheci o verdadeiro amor da minha vida, minha esposa Jenny. Os pobres único equivocada decidi me assumir, e tem sido minha inspiração para os últimos 20 anos; juntos estamos elevando outro dom de Deus, nosso neto Devon. Ele já é um "bem parecido com o velho" um aventureiro ávido, tendo obtido mais perto de um velho elefante macho na natureza do que eu ousaria! É com a insistência de minha esposa e de apoio que eu coloquei a caneta no papel à espera lucrar com as minhas aventuras e sobre a imaginação ativa.

SOBRE A TRADUÇÃO

Não sendo um orador nativo Português é muito provável que você vai encontrar algumas palavras que poderiam ser explicadas melhor em Português. Se você encontrar um tal sentença, e caiu com força suficiente sobre ele, você pode enviar-me. Se eu concordar vou incorporá-lo na próxima edição Português.

Se você comprou este livro em um website que lhe permite rever o meu trabalho, eu realmente aprecio você gastar algum tempo para deixar os seus pensamentos. Se preferir, você pode deixar seus comentários no meu site, http://www.logancrowe.com. Meu e-mail para correções ou comentários é logan@logancrowe.com

CPSIA information can be obtained
at www.ICGtesting.com
Printed in the USA
FFOW02n1724290814
7098FF